क़िस्सों के

भूत-खेला

क़िस्सों के भूत

भूत-खेला

गीताश्री

Nine BOOKS
साहित्य के नवरस

साहित्य के नवरस

4695, 21-ए, दरियागंज, नयी दिल्ली 110 002

फ़ोन +91 11 23273167 फैक्स : +91 11 23275710

sales@vaniprakashan.in

BHOOT-KHELA

by Geetashree

ISBN : 978-93-89012-61-3

Horror Stories

प्रथम संस्करण 2019

मूल्य : ₹ 199

सिटी प्रेस, दिल्ली-110 095 में मुद्रित

नाइन बुक्स (साहित्य के नवरस)
वाणी प्रकाशन का पॉपुलर उपक्रम

ज़िन्दा भूतों को समर्पित

जो अक्सर मुझे डराने की

जुगत में रहते हैं, पर मुझे उन्हें भगाने का

मन्त्र आता है।

भूमिका

प्रेत–छायाओं के साये में कटी ज़िन्दगानी

यह है भूत–कथा ! कई कालखण्डों की भूत–कथा। अलग–अलग दौर की भूत–कथा। कुछ मेरे बचपन में सुनी हुई, कुछ मन से बुनी हुई, कुछ आँखिन देखी, किन्तु अविश्वसनीय। वह बचपन का दौर था, जाँचने–परखने का न होश था न अविश्वास का कोई कारण। क़िस्से इतने थे कि अँधेरे में अपनी परछाईं से भी डर लगता था। हर आहट डरा देती थी। हवा में हिलते वृक्ष और टूटती डालियाँ भी भूतों का कौतुक लगतीं। दिन में जो गाछी खेल का मैदान बनती, रात होते ही भुतहा इलाका। न बिजली थी न कोई सुविधा। हर गाँव में कुछ जगहें ऐसी होती हैं, जो शापित होती हैं, या भुतहा करार दे दी जाती हैं। बचपन के दिन इसी रोमांच में गुज़रे हैं।

इन कहानियों को लिखते हुए फिर से उसी रोमांच को जिया है मैंने। मेरा विवेकी और वैज्ञानिक मन कुछ सवालों से भिड़ा है।

क्या इस दुनिया के परे भी कोई दुनिया है ? क्या हमारे आसपास कुछ अतृप्त और बेचैन आत्माएँ मँडराया करती हैं और जो गाहे–बगाहे अपने होने का एहसास कराती रहती हैं? कुछ तो है जो हमारी पकड़ से बाहर है। जिसे हम सिर्फ़ फ़ील कर सकते हैं पर उस तक पहुँच नहीं सकते। वैज्ञानिक युग में भी इस तरह के सवालों के जवाब हम नहीं तलाश पाये हैं। आँखों के सामने बहुत कुछ घटता दिखाई देता है, हम लाचार देखते रहते हैं। किसी दवा में उसका इलाज नहीं। किसी मन्त्र में इतनी ताक़त नहीं।

हालाँकि इसकी ओट में औरतों पर बहुत अत्याचार होते हैं, बहुत से फ़रेब होते हैं और कई बाबाओं, तान्त्रिकों की दुकानें चल निकली हैं।

मगर सच्चाई तक कोई कहाँ पहुँच सका है! इन्सानी सीमाएँ वहाँ तक जाकर ख़त्म हो जाती हैं।

इन्हीं सब सवालों के जवाब तलाशती, सच को खँगालती, आँखों देखी सच–झूठ का बखान करती कहानियाँ इस संग्रह में मिलेंगी, जो बदल देंगी आपकी सोच को। हैरतअंगेज़ घटनाएँ पढ़ कर रोमांचित होंगे और विचलित भी।

भय भी एक किस्म का मनोरंजन है। इन कहानियों से भय लगे तो लिखना सार्थक।

इन्हें लिखना मेरे लिए चुनौती थी। मैं ख़ुद को जाँचना भी चाहती थी। मैं अपना रेंज जाँच रही थी कि मैं लिख पाऊँगी या नहीं, क्योंकि मैंने भूत–खेला, खेली देखी तो बहुत, कभी ख़ुद अनुभव नहीं किया। जब बड़ी हुई, तब से ज़रूर भूतों को आमन्त्रित करती हूँ कि वे आयें, मुझ पर और अपना अनुभव देकर जायें, अगर वे सचमुच हैं तो। लेकिन सयाने लोग कहते हैं– "भूत उन पर नहीं आते जिनके दिल–दिमाग़ बहुत स्ट्रॉन्ग हों। वे कमज़ोर इच्छाशक्ति वालों पर क़ाबू में करते हैं।" अगर यही पैमाना है तो मैं मान लेती हूँ कि मेरा दिल–दिमाग मज़बूत है जिस पर ज़िन्दा आदमी हो या भूत, कोई क़ाबू नहीं पा सकता। ये तो सच है न कि कम. ज़ोर इच्छाशक्ति वाली होती तो आज भी कहीं परछाइयों के बीच डोल रही होती, बिना पहचान के, बिना चेहरे वाली स्त्री बन कर।

एक बात और...ज़िन्दगी में कुछ हादसे ऐसे हुए, मैंने अपनों को खोया तो सचमुच मैंने उनकी आत्माओं को आवाज़ दी। मैं मिलना चाहती थी, बहुत कुछ पूछना चाहती थी कि वे क्यों अचानक इस तरह मुझे छोड़ कर चले गये। कहाँ गये...क्या कर रहे हैं। मैंने अपने बेटे को आवाज़ दी और पूछा कि क्या वो दुबारा मेरी कोख में आयेगा...?

सुना था कि बच्चे लौट आते हैं अपनी माँ के पास। अपनी अधूरी ज़िन्दगी पूरी करने। वह नहीं लौटा। न ही उसने कभी मेरी आवाज़ सुनी। न झलक दिखी।

मेरी आवाज़ घुट कर रह गयी। लौट–लौट आयी मुझ तक। किसी ने नहीं सुना। गूँजती रही आवाज़, अँधेरे में। सुनते हैं, अँधेरा ही आत्माओं का घर होता है। सबसे सुरक्षित प्रदेश। उजाले में बसने वाली आत्माएँ ज़्यादा खूँखार और क्रूर होती हैं। मैंने अँधेरे–एकान्त में बहुत बार पुकारा...अपनी माँ को, बेटे को और अब अपने पिता को....

ये तीनों असमय, अचानक छोड़ गये मुझे, इस बियावान में। तब से मेरा भूतों से भय ही ख़त्म हो गया।

जाने कहाँ चले गये। मेरी आवाज़ उन तक नहीं पहुँची। जाने कैसे लोग होंगे, जिनके ऊपर आत्माएँ आती होंगी। सुना है, कुछ लोग आत्माओं के कैरियर होते हैं। कहाँ हैं ये लोग। उन्हें ढूँढ़ रही हूँ। कोई तो भूत मिले, किसी की आत्मा...

जब जब श्मशान, क़ब्रिस्तान से गुज़रती हूँ, आवाज़ देती हूँ। कितनी गहरी नींद में सो गसे वे लोग, ज़िन्दा भूतों की आवाज़ सुनते ही नहीं। यहाँ से ज़्यादा सुकून है शायद।

मैं उन्हें नींद से जगाना चाहती हूँ। पता नहीं कब जगेंगे। मेरी पुकार जारी रहेगी। इसे मेरी कोरी भावुकता न समझें। मैं नास्तिक किस्म की आस्तिक इनसान हूँ। जो तार्किक है, उसे मानती हूँ, बाक़ी को छोड़ देती हूँ। अगर किसी मन्त्र या श्लोक से मेरे भीतर शक्ति पैदा होती है, आत्मविश्वास जगता है तो उसे बुदबुदाऊँगी, उसे आचार संहिता बना कर दुनिया पर थोपूँगी नहीं। किसी इबादतगाह या प्रार्थनाघर में शान्ति मिलती है तो वहाँ कुछ पल बैठना भला लगेगा। उसे जीवन का नियम नहीं बना सकती। मेरे लिए ये जगहें वैसी ही हैं जैसे कोई गीली चट्टान, समन्दर का सुनसान तट या सुरीला झरना।

अपने ढंग की मैं अकेली, अलबेली, आत्माओ तुम बन जाओ साथिया...

ऐसे भी काफ़्का जैसे महान रचनाकार ने कहा है न–"हर जादूगर के अपने कर्मकाण्ड होते हैं, मिसाल के लिए हेडेन, अभिमन्त्रित टोपी पहन कर महान संगीत रचनाएँ करते थे। आख़िरकार लिखना प्रेत–छायाओं का आह्वान है।"

मेरे पास नहीं है कोई सुरक्षा कवच। मैं फिर भी प्रेतों को आमन्त्रित करती हूँ। आओ! मुझे और भी तुम्हारी कथाएँ कहनी हैं...अब तुम दे जाओ कथाएँ। कह जाओ अपने दमन की कथाएँ, शोषण की दास्तानें और अतृप्त इच्छाओं की अर्जियाँ, दे जाओ। उन्हें कथा में पूरी करूँगी।

आख़िर कहानी में एक मनवांछित संसार रचने का साहस तो है न मेरे पास।

मेरा बचपन गाँव में अधिक गुज़रा है, सो मेरे पास वहीं की कहानियाँ बहुत हैं। शहरों में ज़िन्दा भूत मिले थे। उनकी कथाएँ तो लिखती ही रहती हूँ। पहली बार ऐसे भूतों की कहानियाँ लिखी हैं...

अब आपके हवाले हैं भूत–कथाएँ....

शुक्रिया उन भूतों का जिन्होंने पीछे पड़ कर लिखवा लिया। उन्हें भूतहा सलाम। किताब पढ़ते व पीछे मुड़ कर मत देखना...भूत भाग जायेगा।

–महाभूत गीताश्री

अनुक्रम

उस पार न जाने क्या होगा

कभी–कभी हवा में हम बहुत कुछ सूँघ लेते हैं। मैं नदी के इस पार खड़ा था और मुझे हवा से सिहरन हो रही थी। हड्डियों को बेधती हुई–सी हवा, कानों में कुछ सरगोशी करती हुई जैसे चेता रही हो कि क्यों आये हो यहाँ, लौट जाओ! अजीब–सी गन्ध ने मुझे घेर रखा था। मुझे उस पार जाना था, जहाँ कुपोषण के शिकार बच्चों की खोज करनी थी, उनके आँकड़े तैयार करके एक एन.जी.ओ. को देने थे। तीन महीने की इंटर्नशिप के लिए मुझे एक अनजान बस्ती में भेज दिया गया था। नदी किनारे खड़ा मैं उस पार बसे गाँव में जाने को तैयार था। किनारे से कई नावें आती–जाती थीं। उस गाँव यानी जमरुदपुर जाने के लिए सिर्फ़ नावें ही सहारा थीं। सड़कें होंगी, पर शायद बहुत दूर से घूम कर जाती होंगी इसलिए मुझे नाव से ही रोज़ जाने को कहा गया था जो बीस मिनट में उस पार पहुँचा देती थी। तीन महीने तक ये सब झेलना था इसीलिए मन को किसी तरह समझा कर मैं नदी किनारे आ खड़ा हुआ था। तीन–चार नावें थीं। कोई बहुत अच्छी हालत वाली नाव नहीं दिख रही थी। सवारियों से लदी हुई नावें, ठूँस कर भरी हुई, ज़रूरत से ज़्यादा सवारियाँ... चेतावनी के बावजूद नाव वाला नहीं मानता था। सवारियाँ भी नहीं मानती थीं।

मई का महीना था, प्रचण्ड गर्मी थी शायद इसलिए नदी का दामन भी पानी से ख़ाली था। नदी का पाट बहुत चौड़ा था, दूर से नदी नहीं, नद की तरह दिखायी देती थी।

पहले ही दिन कुछ अजीब घटा जो बाद में रुटीन बन गया। जैसे ही नाव पर सवार होने के लिए किनारे की तरफ़ बढ़ा कि एक गिड़गिड़ाती हुई आवाज़ आयी–

"मुझे नाव पर चढ़ा दो बेटा..."

वह एक बूढ़ी, कृशकाय स्त्री थी जो हवा में लहराती हुई चल रही

थी। चाल में चपलता थी। गुलाबी रंग की मटमैली साड़ी, सिर पर आँचल, पैरों में हवाई चप्पल। पास आयी तो देखा–हाथ–चेहरे सब पर झुर्रियाँ लटकी हुई थीं। रंग साफ़ था। आँखों में चमक थी। अमूमन इस उम्र तक ऐसी चमक नहीं देखी कहीं। मुझे क्या...!

उसने अपना हाथ बढ़ाया, मैंने थाम लिया और उसे लेकर नाव पर चढ़ गया। मैं नाव के किनारे खड़ा होकर नदी देखने लगा। वह बूढ़ी औरत न जाने किधर सवारियों की भीड़ में समा गयी।

उस पार उतरा तो किनारे पर ही एक चाय की दुकान मिल गयी। सोचा वहीं बैठकर पहले गाँव के बारे में जानकारी बटोरी जाये फिर आगे बढ़ा जाये। चायवाला अधेड़ था जो शान्त भाव से चाय बनाता और एक छोटा बच्चा सबको कुल्हड़ में चाय पकड़ाता। सुबह–सुबह चाय पीते हुए दिव्य ज्ञान की प्राप्ति होती है, ऐसा मेरा मानना है। मैंने स्थानीय लोगों से बातचीत शुरू की... जवाब के बदले सबकी नज़रें गाँव की तरफ़ घूम जातीं, जैसे वहाँ कोई खड़ा हो या इशारे से कुछ भी बोलने को मना कर रहा हो। मैं भौचक! ऐसा क्या पूछ लिया मैंने। नदी किनारे से सटा हुआ गाँव घने वृक्षों से घिरा हुआ था। ताड़ के लम्बे पेड़ क़तार में दिखायी दे रहे थे। सब कुछ एक रहस्यमय आवरण में लिपटा हुआ प्रतीत हो रहा था।

मुझे लगा, यहाँ कोई जानकारी हासिल न होगी, गाँव के भीतर चला जाये। गाँव वालों के अजीबोग़रीब व्यवहार और रहस्यमय माहौल के बावजूद मैं अपने काम में मन लगाने की कोशिश करने लगा था। शाम को अन्तिम नाव से क़स्बे की तरफ़ लौटता। जहाँ शहरी सुविधाओं वाला एक छोटा–सा कमरा मेरा इन्तज़ार करता। सारा काम ठीक से हो रहा था, बस एक ही घटना रोज़ होने लगी तो मैं परेशान हो उठा। रोज़ वही बूढ़ी स्त्री मिलती, सारी सवारियाँ चढ़ जातीं तो वह अन्तिम सवारी समझकर मेरे पास आती...

मैं रोज़ यही करता...

और एक दिन ऊब गया...

"कोई और नहीं मिलता... मेरे गले ही क्यों पड़ी रहती हो...?"

बिना मेरी बात और झुंझलाहट पर ध्यान दिये उसने हाथ बढ़ा दिया, हमेशा की तरह।

नाव पर चढ़ाने के लिए वह किसी से नहीं कहती... सिवा मेरे... मैं

उसे साथ लेकर नाव पर चढ़ता... वो भीड़ में गुम हो जाती... मैं अपने में खो जाता...

रोज़ मिलती... जैसे मेरा इन्तज़ार हो... दो महीने ऐसे ही निकल गये।

मैंने भी इस स्थिति को स्वीकार लिया या कहें कि वह मेरी आदत में शामिल हो गयी थी।

मौसम बदल रहा था। तीसरा महीना लग गया था, मानसून आ गया था। नदी की देह भर आयी थी लबालब। बहाव तेज़ हो गया था। कभी हल्की बारिश और कभी मूसलाधार। नावें ऊपर से ढँक गयी थीं।

एक दिन तेज़ बारिश हो रही थी। छाता लिए हुए मैं नाव की तरफ़ बढ़ा। चारों तरफ़ निगाहें घूम रही थीं।

वह नहीं मिली... मैंने बेचैन होकर ढूँढ़ा... आदत जो बन गयी थी...

एक सवारी से पूछा... नाव वाले से पूछा, सवारियों से पैसा वसूलने वाले से पूछा...

सबने इनकार किया... किसी ऐसी बूढ़ी स्त्री के बारे में। मैंने बहुत समझाया... रंग–रूप तक बताया। मुझे अजीब लग रहा था... किसी ने मुझे उस बुढ़िया को नाव पर चढ़ाते कैसे नहीं देखा? कुछ सवारियों ने मुझे यूँ घूरा कि मानो मैंने किसी भूत का पता पूछ लिया हो। हारकर मैंने पूछना बन्द कर दिया और भूलने की कोशिश करने लगा।

मुझे याद नहीं पड़ता था कि ऐसी कोई अजीब घटना मेरे साथ पहले कभी घटी हो। हाँ, एक अजीब घटना तब ज़रूर हुई थी, जब मैं दिल्ली से पटना जाने के लिए ट्रेन में बैठा था। बहुत भीड़ थी! चाहे कुछ भी हो जाये, दिल्ली और बिहार के बीच चलने वाली ट्रेन न तो कभी समय पर चलती है और न ही इन सभी ट्रेनों में इतनी जगह होती है कि कोई सही से बैठ भी पाये। हालाँकि मेरा रिज़र्वेशन था, मगर भीड़भाड़ में सब बेकार। मैं सीट पर अपना सामान भी नहीं लगा पाया था कि शोर मचने लगा था–"अरे बचाओ, बचाओ!"

सुना था कोई आदमी पटरी पर गिर गया था। बिहार की तरफ़ जाने वाली ट्रेन में यह कोई नयी बात नहीं है, डिब्बे में जगह नहीं होती है और लोग जनरल डिब्बों से गिरते–पड़ते रहते हैं।

मुझे बहुत चिन्ता होने लगी थी, बड़ी मुश्किल से मैं डिब्बे में घुसकर अपना सामान रख पाया था, बाहर निकला तो शायद ही अन्दर घुस पाऊँ। वो करुण पुकार मुझे खींच रही थी। डर से बचाने नहीं गया तो

मेरी आत्मा धिक्कारेगी! अपने स्वार्थ को धकियाकर मैं बाहर गया था, वह मेरे ही बराबर का रहा होगा! मैंने उसके लिए जगह बनायी! रेलवे अधिकारियों को फ़ोन किया। काफ़ी चोट आयी थी उसे, सिर से ख़ून भी बह रहा था। मैंने उसे अपनी गोद में लिटाया और हाथ मलते हुए होश में लाने की कोशिश की। इस अफ़रातफरी में बार–बार लग रहा था कहीं ट्रेन छूट गयी तो क्या होगा?

"का भैया, कौन्हू रिस्तेदार है तुम्हाये?" भीड़ में से किसी ने पूछा।

"नहीं, नहीं! पर मानवीय रिश्ता तो हम सभी का एक–दूसरे से है न!" मैं खिसिया गया था।

मेरा दोस्त जो मुझे स्टेशन छोड़ने आया था, वो भी शोर सुनकर लौट आया था वहाँ। ट्रेन रेंगने लगी थी। मैंने ख़ून से तरबतर युवक को दोस्त के हवाले किया और रेंगती हुई ट्रेन में जो डिब्बा सामने था, उसी में चढ़ गया। जब मैं अपने डिब्बे में घुसा किसी तरह तो मेरे कपड़ों पर ख़ून ही ख़ून था। इधर मैं अपनी सीट पर बैठा, उधर ट्रेन चली। मैंने कपड़े बदले और जल्दी ही सो गया!

वह जीवन की पहली घटना थी, जब कुछ विचित्र घटा था और स्मृतियों में बसा रह गया था।

मैं उसके बाद कई दिन तक अकेला जाता रहा... वह नहीं दिखी... बारिश थमने का नाम नहीं ले रही थी। मुझे उस बूढ़ी औरत की फ़िक्र होने लगी थी लेकिन उसके बारे में किसी को कुछ मालूम नहीं था।

सर्वे का काम ख़त्म हो चुका था, उस रोज़ अन्तिम बार जा रहा था। शाम को लौटते समय घनघोर बारिश हो रही थी। जल्दी अँधेरा छाने लगा था।

"रघु भैया! जल्दी जाइए... नाव नहीं मिलेगी!" चाय की दुकान पर काम करने वाला छोटू यानी ननकू मुझे आवाज़ लगा रहा था। ननकू से मेरी थोड़ी–बहुत दोस्ती हो गयी थी। चाय बनाने वाले उस शुष्क अधेड़ से उलट स्वभाव का था ननकू। मैं आते–जाते रोज़ उससे बातें करता। मौसम का मिज़ाज देखकर ननकू भी डरा हुआ लग रहा था और मुझे भी पहली बार भय लगा। साँय–साँय की आवाज़ निकालती हवा, पछाड़ें खाता पानी और चारों तरफ़ घिरा गहन अँधेरा।

ये नावें कोई साधारण नाव नहीं होती थीं, ये हमेशा ही सवारियों से लदी हुई रहतीं। इतनी ठूँस–ठूँसकर भरी रहती थीं कि पूछो ही मत! ज़रूरत

से ज़्यादा सवारियाँ। गाँव वाले मना भी करते थे, रोज़ उसे चेतावनी देते, मगर न तो वह नाव वाला मानता और न ही सवारियाँ!

नदी का रूप विकराल हो रहा था। मैं किनारे पर पहुँच तो गया था, मगर मुझे एक भी ख़ाली नाव नहीं मिली थी। उस शाम की वह आख़िरी नाव थी, मुझे भी पार जाना था, मगर मेरे गिड़गिड़ाने पर भी मुझे नाव पर चढ़ने नहीं दिया। किनारे पर कोई नहीं बचा था। अब क्या करूँगा? मैं अपना माथा पीट रहा था। नाव वाले को शायद मेरी ऐसी हालत देखकर दया आ गयी, उसने हाथ हिलाया। मैं ख़ुश हो गया, वह नाव में बुलाने का संकेत कर रहा था।

मेरी जान में जान आयी और मैं अपनी पूरी ताक़त लगाकर दौड़ता हुआ पानी में घुसने ही जा रहा था कि कोई मुझसे ज़ोर से टकराया और मैं अचेत होकर वहीं गिर गया...

नाव पों–पों करती हुई दूर निकल गयी। मेरा शरीर निचुड़ा हुआ लग रहा था जैसे ज़रा भी ताक़त न बची हो। बहुत मुश्किल से उठा। मैं पूरा गीला हो चुका था और बारिश के कारण कुछ दिखायी नहीं दे रहा था। मेरी आँखों के सामने पानी था, बारिश थी और तभी अचानक मेरी आँखों ने उसी मटमैली साड़ी को देखा। वही बूढ़ी औरत मुझे किनारे की तरफ़ खींच रही थी। लगभग मुझे घसीटती हुई चाय की दुकान तक ले गयी। जाने उसमें कहाँ से इतनी ताक़त आ गयी थी कि वह मुझे घसीट पायी। आँखों के आगे जैसे कोई चलचित्र–सा चल रहा हो और अचानक रेलवे स्टेशन का वाक़या मेरी आँखों के आगे कौंध गया। मैं कुछ पूछना चाहता था, बहुत से सवाल मन में उठ रहे थे पर उसे देखकर मैं इतना चकित था कि शब्द कहीं खो से गये थे।

वह तो रोज़ आती–जाती थी, रोज़ लौटती थी। जाने क्यों और कहाँ! मैंने पूछा भी नहीं कभी। यहाँ इस समय, मैं उठकर कुछ पूछना चाहता था कि नज़रें नदी की तरफ़ अफ़सोस से उठीं। नाव आँखों से ओझल। एक तरफ़ नाव जा रही थी और मेरी आशाएँ भी धूमिल होती जा रही थीं, उफ्फ़... मुझे आज यहीं रात काटनी होगी। बारिश का ताण्डव चालू था। इस छोटे गाँव में, जहाँ गिने–चुने घर थे, मैं कहाँ जाऊँगा? कौन मुझे घर में आसरा देगा? मैं कहाँ जाऊँगा? मेरे कपड़े गीले हो गये थे और मुझे अब ठण्ड भी लग रही थी। मैं उसी ननकू की दुकान पर बैठकर सोचता रहा। आज वहाँ भी कोई नहीं था, बारिश तेज़ और तेज़ होती

जा रही थी। एक बार तो मन में ख़याल आया कि न जाने नाव कैसे पहुँची होगी? इतनी बारिश और इतनी हवा में कैसे नाव अपना सन्तुलन बनाये रख पायी होगी? बुढ़िया पर गुस्सा आने लगा था, अगर वह न आती बीच में, तो मैं भी इस एडवेंचर राइड का मज़ा ले रहा होता! मगर यह बुढ़िया न जाने कहाँ से आ गयी ? मैं उस पर चीख़ने के लिए पीछे मुड़ा तो मैं चौंक गया! वह बुढ़िया ग़ायब हो चुकी थी...! मैं काँपने लगा, ठण्ड से भी और भय से भी! एक अजीब–सा सन्नाटा मेरी देह में भरने लगा!

हे भगवान... ये क्या माजरा है, आख़िर वह कौन है! आती है, जाती है, फिर आती है, मेरे अलावा किसी को दिखायी नहीं देती है। मेरे अलावा किसी से बात नहीं करती है! आख़िर यह कौन है? कौन है और मेरा क्या रिश्ता है उससे? क्यों वह मेरे इर्द–गिर्द घूमती है? उसकी काँपती हुई बाँहें इतनी मज़बूत कैसे हो गयीं कि मुझे खींच पायीं! इतनी ताक़त कहाँ से? कहाँ मैं तीस बरस का और कहाँ वह साठ के क़रीब, मरियल, निरीह औरत! मैं डर रहा था। सोचा और सोचता रहा कि आयेगी तो पूछूँगा! मगर वह नहीं आयी! मैं ठण्ड से काँपता हुआ चाय की दुकान पर बैठा रहा। मगर वहाँ पर बैठने का क्या निमित्त था! वहाँ से तो जाना ही था। थोड़ा आगे बढ़ा तो एक झोंपड़ी दिखायी दी। उसके अन्दर रोशनी–सी जल रही थी। शान्त था सबकुछ। लालटेन की इतनी रोशनी थी कि झोंपड़ी के अन्दर का थोड़ा–बहुत दिख जाये! बाहर मूसलाधार बारिश थी। मेरे कपड़े भीग गये थे और मैं बस अब रात गुज़ारने की जगह चाह रहा था। मैंने झोंपड़ी में झाँककर देखा, अन्दर एक बूढ़ा सो रहा था। मैंने दरवाज़ा खटखटाया, दरवाज़ा खुला। न मैंने कुछ पूछा और न ही उस बूढ़े ने कुछ कहा, जैसे कोई मशीनी मानव हो या किसी के प्रभाव में हो। मैं अन्दर गया। रात भर रहने की जगह मिली। मैं गीले कपड़ों में ज़मीन पर ही एक ओर दुबक गया। मैं उनसे बुढ़िया की कहानी पूछना चाहता था, मगर बूढ़े की हालत ऐसी नहीं थी। ऐसा लग रहा था जैसे वह बोलने की स्थिति में नहीं था। उसकी आँखें पथरायी हुई थीं और शरीर एकदम कंकाल मात्र जैसे किसी हड्डियों के ढाँचे पर कपड़े पहनाकर उसे खड़ा कर दिया गया हो। वह मेरी तरफ़ देख भी नहीं रहा था, जैसे कहीं शून्य में कुछ निहार रहा हो। मुझे गीली शर्ट में काँपते देखकर उसने एक शर्ट मेरी तरफ़ बढ़ा दी। उस लालटेन की रोशनी में केवल उसका हल्का नीला

रंग दिखा, मैंने उसके हाथ से वह शर्ट ली, पर कुछ कहा नहीं, इतना थका हुआ था कि लेटते ही सो गया! वैसे भी मेरा दिमाग़ कुछ सोचने या समझने की हालत में नहीं था।

सुबह जागा तो उस झोंपड़ी में मैं अकेला था, दरवाज़ा अन्दर से बन्द था। बूढ़ा ग़ायब था, उसका कोई सामान भी वहाँ नहीं था। ऐसा लग रहा था कि वह झोंपड़ी निर्जन हो और वहाँ कभी भी कोई रहा नहीं हो! मैं बाहर निकला तो गंगा किनारे हड़कम्प मचा हुआ था, हर तरफ़ चीख़–पुकार थी, पुलिस थी और तैराक थे और आसपास के गाँव वाले।

मुझे कुछ समझ नहीं आ रहा था, आख़िर क्या हुआ था। गाँव वालों की बातों से पता चला कि शाम वाली नाव बीच गंगा में डूब गयी थी। गोताखोर डूबी हुई सवारियों को ढूँढ़ रहे हैं। नाविक ने चेतावनी के बावजूद ज़्यादा सवारियों को बैठा लिया था।

मेरा सिर घूम रहा था। मैं सोच रहा था कि उस बुढ़िया ने मुझे बचाया, मगर क्यों? और मेरे शरीर पर यह मेरी शर्ट वापस कहाँ से आयी? कल तो मैंने रात में बदली थी! मैं वापस उसी झोंपड़ी की तरफ़ भागा? झोंपड़ी ख़ाली थी, एक कोने में सूखी लालटेन थी, जैसे कई महीने से तेल ही न हो! मगर कल ही रात वह जली है!

'रघु सर जी... अच्छा हुआ, जो रात को तुम नहीं गये! नहीं तो तुम भी नदी में समाय गये होते!'

ननकू दातुन करता हुआ बोल रहा था।

मैं उससे क्या कहूँ कि मुझे बुढ़िया ने बचाया। उस अनजान औरत ने मुझे अन्तिम नाव पर चढ़ने से रोका, मगर मुझे क्यों बचाया ? मेरे कौन से एहसान का बदला चुका रही थी? आख़िर क्या रिश्ता था?

क्यों... कौन थी वो... रोज़ इस पार से उस पार क्यों आती–जाती थी...? और ये बूढ़ा कहाँ गया...

उधर चाय की दुकान पर बातें हो रही थीं कि कब कितनी नावें डूबीं और कितने लोग मरे! सुनते हैं, कुछ दिन पहले ही ऐसी बाढ़ आयी थी कि यह चाय की दुकान और उसके बगल में बसी झोंपड़ी भी बह गयी थी। गाँव वालों ने झोंपड़ी तो बना दी लेकिन उसमें रहने वाले बूढ़ा–बूढ़ी का पता नहीं चला। शायद नदी बहा ले गयी।

ननकू ने पहली बार मुँह खोला–सुनते हैं इस झोंपड़ी में रहने वाले बुड्ढे–बुढ़िया का एकलौता बेटा दिल्ली में मजूरी करता था, छठ की

छुट्टियों में गाँव आने वाला था, पर नहीं आया। कोई बता रहा था, ट्रेन से चोट खाकर मर गया...

यह झोंपड़ी तब से ख़ाली पड़ी है। कोई फटकता नहीं उसके आसपास। ये भूतिया है... आवाज़ें आती हैं रात को... आप इसमें कैसे सोये...?

उसकी नन्ही आँखें भय से फटी हुई थीं। उसकी भूरी पुतलियों में कोई परिचित साया लहराता–सा दिखा, मैं पलटा...

सिर्फ़ नाव वाला आवाज़ दे रहा था... दूर से...

पहले दिन वाली अजीब–सी गन्ध हवा में तैर रही थी... दूर नदी के पानी पर, मुझे तीन साये लहराते से दिख रहे थे। मैंने आँखों को मला और फिर देखा, कुछ भी तो नहीं था! मेरी आँखों का भ्रम होगा या फिर यह हवा धीरे–धीरे मेरा नाम पुकार रही है! मुझे एक साल पहले की स्टेशन से लेकर कल रात तक की सारी घटनाएँ फिर से याद हो आयीं। मैं वहाँ से भागा लेकिन अगर कोई देख सकता तो देख पाता कि मेरे पीछे तीन जोड़ी पैर और भाग रहे थे! अब वे हमेशा मेरे साथ रहने वाले थे!

कहीं ये वह तो नहीं!

बीहड़ों की गोद में बना नया कॉलेज और उसका हॉस्टल दोनों ख़ाली हो चुके थे। अधिकांश विद्यार्थी दशहरे की छुट्टियों में अपने–अपने घर जा चुके थे या जाने की तैयारी में थे। अमित को हॉस्टल थोड़ी देर से मिला था और उसका घर भी बहुत दूर था। हॉस्टलर होने के बाद उसकी पहली छुट्टी थी। दस दिनों के लिए वह घर न जाकर हॉस्टल में ही रहना चाहता था, नये–नये दोस्तों के संग उसे अच्छा लग रहा था। संजू, गौरीनाथ और विनय के साथ प्लान बनाया कि छुट्टियाँ हॉस्टल में ही बिताई जायें। जिस उजाड़ में यह कॉलेज बना था, उसके आसपास रौनक नहीं थी। शहर के कॉलेज की बात ही कुछ और होती है। अब तक उसके सारे सगे–सम्बन्धी अपने बच्चों को शहर के कॉलेज ही पढ़ने भेजते थे। वहाँ लड़के हॉस्टल की कमी की वजह से कैम्पस से बाहर लॉज में रहते थे। लॉज के क़िस्से उसने बहुत सुने थे। जब से इलाके के नेताजी ने अपने संसदीय क्षेत्र में इतना बड़ा कॉलेज खुलवा दिया था, तब से आसपास की जगह थोड़ी गुलज़ार हो गयी थी, नहीं तो इतनी उजाड़ जगह में कौन आता? अभी भी जब सब–कुछ गुलज़ार था तब भी तो ऐसा लगता था जैसे जंगल में बैठे हैं वे लोग! पूरी रात चमगादड़ शोर मचाते रहते, न जाने कौन–कौन से जानवरों की लड़ने की आवाज़ें आती रहतीं, नीलगायों से खेत बचाने के लिए किसान न जाने क्या–क्या बजाते! स्वभाव से डरपोक अमित का दिल बैठ जाता! वह तो हॉस्टल में काफ़ी लड़के थे, सो डर आता और चला जाता। हॉस्टल के वार्डन ने ऐलान कर दिया था कि छुट्टियों में जनरेटर नहीं चलेगा। बिजली का भरोसा कम ही था। अमित के चारों रूम पार्टनर रोशनी के इन्तज़ाम में जुट गये। किसी के पास लैम्प और किसी के पास चाइनीज़ इमरजेंसी लाइट थी। अमित चाहता था कि वह अपने लिए अलग से रोशनी का

इन्तज़ाम कर ले। मोटी–मोटी मोमबत्तियाँ उसे मुफ़ीद लगीं। पास के ही बाज़ार जाकर मोमबत्ती ख़रीदने का मन बनाता हुआ अमित अपने बिस्तर पर धम्म से गिर गया। पढ़ते–पढ़ते उसकी आँख लग गयी और किताब उसके हाथों से गिर गयी। वह नींद में बेसुध हो गया।

आधी रात का वक़्त रहा होगा।

सोते–सोते अमित को ऐसा लगा जैसे कोई कहीं से आवाज़ दे रहा है। उसके कमरे की दीवार के पीछे घने पेड़ थे। उसे लगा जैसे उन पेड़ों पर कुछ हलचल हो रही है। हलचल की आवाज़ें वह साफ़ सुन पा रहा था। उसके तीनों पार्टनर गहरी नींद में बेख़बर होकर सो रहे थे। उन पर कोई फ़र्क़ नहीं पड़ रहा था।

लेटे–लेटे अमित के अन्दर बेचैनी बढ़ने लगी। उसे लगा जैसे कोई उसका हाथ खींच रहा है? वह बेचैन होने लगा, सोते–सोते ही उसने जैसे किसी का हाथ पकड़ लिया।

'कौन है? कौन है?'

अपनी ही आवाज़ गले में घुटकर रह गयी।

सूखे पत्तों में सरसराहट हुई। उसकी आँख झटके से खुली। सामने खिड़की खुली थी और अँधेरा घने वृक्ष से छन–छनकर कमरे के अन्दर फैल रहा था। पक्षियों की अजीब–सी आवाज़ें सुनायी दीं। उसका सीना भारी होने लगा, मानो कोई भारी–भरकम जीव कूदकर छाती पर आ बैठा हो। अमित चीख़ उठा।

'कौन है, कौन है?'

वह चीख़ रहा था, मगर वह जानता था कि उसकी चीख़ें बेकार हैं, क्योंकि उसके पार्टनर बेहोश–से पड़े हुए थे। बिस्तर से उठने का मन न हुआ, हिम्मत जवाब दे गयी थी। किसी तरह घिसटते हुए जगा, हाथ बढ़ाकर डरते–डरते उसने लाइट जलाई, बिजली ग़ायब। उसके पास माचिस से मोमबत्ती जलाने के अलावा कोई और विकल्प नहीं था। अमित ने मोमबत्ती जलाई और चीख़ा–'कौन है, कौन है?'

कोई जवाब नहीं आया। जवाब देने के लिए कोई था नहीं या कोई जवाब दे नहीं रहा था? अमित को कुछ सूझा नहीं! अगर कुछ नहीं था तो अपने सीने में भारीपन और अपने शरीर पर किसी अदृश्य जीव का कूदकर बैठ जाना, सबकुछ उसे एक रहस्यमयी दुनिया का हिस्सा लग रहा था।

अमित ने बचपन में भूतों की कहानियाँ ख़ूब सुनी थीं। गाँव में ओसारे में ख़ूब कहानियाँ कही जातीं और उन कहानियों को सुनकर सब डरते रहते! तो क्या यहाँ पर भूत है? उसने मोमबत्ती की रोशनी से देखने की कोशिश की। मोमबत्ती में छोटी–छोटी चीज़ों की बड़ी परछाईं देखकर अमित बार–बार चौंक रहा था। उसे लगा उसके कमरे के बेहद नज़दीक कोई है, उसके कमरे के पास कोई चहलक़दमी कर रहा है। अमित का डर के कारण बुरा हाल था। तभी उसे लगा कि पैरों की यह आहट उसके कमरे के एकदम नज़दीक है, और मोमबत्ती की रोशनी में भी उसने किसी के पैर देखे! उसे लगा कोई तो है, जो उसके पास बहुत ही सधे क़दमों से आ रहा है। उसे लगा अभी–अभी जैसे कोई रोशनी एकदम से भागकर गयी है। वह हारा हुआ–सा वहीं खड़ा हो गया। नींद एकदम से उसकी आँखों से ग़ायब हो गयी थी। हॉस्टल में भाँय–भाँय करके हवा अपना रौद्र रूप दिखा रही थी। अमित की बाजू को छूकर जैसे कोई भागा हो! उसके हाथों से मोमबत्ती गिरते–गिरते बची!

'अमित, अमित, दरवाज़ा खोलो!'

कोई ज़ोर–ज़ोर से दरवाज़े पर पैरों से दस्तक दे रहा था। कौन इस वीराने में उसको आवाज़ दे रहा होगा और इस वक़्त क्यों...

अमित का डर के कारण बुरा हाल था। उसके सामने जो आ रहा था, उसकी तस्वीर भी उसने नहीं देखी थी। वह जानता भी नहीं था उसे कि वह कौन है? तभी उसे लगा जैसे कुछ टपक रहा है। जैसे कहीं से पानी! पूरी सड़क पर कुत्ते डरावनी आवाज़ें निकाल रहे थे। उसने डरते–डरते कमरे का दरवाज़ा खोला! सामने कोई नहीं था, मगर पीछे से आवाज़ें आ रही थीं। उसे लगा जैसे कोई मेन–गेट भी झिंझोड़ रहा है। अब उसने मोमबत्ती रख दी और टॉर्च का सहारा लिया! टॉर्च के साथ वह अपने हॉस्टल से बाहर निकला! जैसे ही वह गेट के बाहर आया, अचानक उसके सामने एक ख़ून से लथपथ कटा हुआ हाथ आकर गिरा। हाथ छटपटा रहा था जैसे उसमें ख़ुद की जान हो। अमित बदहवास–सा बाहर भागा। उसे लगा जैसे कोई और भी उसके साथ भाग रहा है! रात के बारह बज गये थे। अब वह और भी ज़्यादा डर गया। उसका शरीर सूखे पत्ते की तरह काँप रहा था, जैसे उसके पीछे न जाने कौन पड़ा हो। कुछ दूर पैदल भागते–भागते एक ही रिक्शा दिखा। उसने और कुछ नहीं देखा और एकदम से उस रिक्शे पर झूल गया।

'भैया, मुझे यहाँ से ले चलो, बस शहर तक पहुँचा दो! न जाने यहाँ पर कौन है और मुझे अजीब–अजीब आवाज़ें आ रही हैं।'

रिक्शे की सीट पर उकड़ूँ, नींद में डूबे हुए रिक्शेवाले ने अमित को विचित्र नज़रों से देखा। अक्टूबर की हल्की सर्द रात थी। रिक्शेवाले ने पतली चादर में ख़ुद को लपेटा हुआ था। वह भी एक बेहद घबराई हुई सवारी को उसके किसी परिचित के यहाँ ले जाने को तैयार हो गया।

अमित को काँपते देखकर रिक्शेवाले ने घर्राई हुई आवाज़ में कारण पूछ ही लिया।

'कोई पीछा कर रहा है मेरा... हॉस्टल में बहुत आवाज़ें... मुझे नहीं रहना यहाँ।'

रिक्शेवाले ने उसे मुड़कर देखा। उसकी गर्दन पूरी मुड़ गयी–कहीं वह ये तो नहीं...

अमित की चीख़ निकल गयी, जब उसने देखा कि रिक्शेवाले के दोनों हाथ कटे हुए थे और रिक्शा चल रहा था। उसके कटे हाथों से वही आवाज़ आ रही थी, जो उसने अभी–अभी सुनी थी–'टप, टप...'

काटो तो ख़ून नहीं! उसका ख़ून जमने लगा। वह एकदम से रिक्शे से कूदा और उसने पीछे से आती हुई बाइक को भी नहीं देखा। बाइक वाला पीछे से चीख़ता रहा– 'मुझे बचाओ!' अमित उसकी आवाज़ सुनकर पीछे मुड़ा तो उसने देखा कि अँधेरी सड़क पर बाइक बीचोबीच खड़ी है और उसके हैंडल पर किसी के कटे हुए हाथ झूल रहे हैं।

अमित ने बदहवास होकर भागना शुरू कर दिया। भागता–भागता वह एक मोड़ पर पहुँचा। दूर–दूर तक रास्ता सुनसान! कहीं कोई नहीं। एक चाय की दुकान खुली थी। उसकी साँस में साँस आयी। बहुत देर हो गयी थी उसे इस तरह डरते हुए, भटकते हुए। अब वह सुस्ताना चाहता था। उसका शरीर काँप रहा था। उसे लगा जैसे वह अभी गिर पड़ेगा! वह बेंच पर बैठ गया। अपनी फूलती साँसों को नियन्त्रित किया। अपने काँपते शरीर को नियन्त्रित किया। थोड़ा दम धरकर उसने चाय माँगी!

चायवाले ने पूछा– 'क्या हुआ? भैया, बहुत ही तेज़ी से भाग रहे हो! कौन्हू भूत पिरेत पीछे पड़े हैं क्या, जो इत्ती दूर से दौड़ते हुए आ रहे हो! काहे मिल्खा सिंह बने हुए हो?'

चायवाला बोलता जा रहा था। अमित ने उसे अपनी परेशानी बतायी और शाम से लेकर अभी तक जो भी उसके साथ हुआ उसने एक–एक

बात बतायी! अमित के होश तो तब गुम हुए जब उसने देखा कि चाय अपने आप बन रही है और चायवाले के चेहरे पर मुस्कान है। चायवाले ने चाय उसकी तरफ़ हवा में बढ़ाते हुए पूछा–'कहीं ये वह तो नहीं...'

और फिर भयंकर अट्टहास करने लगा। अमित का ख़ून एक बार फिर से जम गया और वह डरकर भागने लगा। उसको लगा जैसे उस चाय वाले के आधे कटे हुए हाथ उसका पीछा कर रहे हैं और उसके हाथों ने चायवाले के शरीर से अलग होकर उसके पैर पकड़ लिए हैं। वह रास्ते पर एक टीले से टकराकर गिर पड़ा! हार नहीं मानी और वहाँ से उठा और भागता चला गया।

आगे जाकर उसने एक कार खड़ी देखी, उसकी पार्किंग लाइट जल रही थी। उसकी साँस में साँस आयी। अब उसके पैरों में ज़रा–सी भी चलने की ताक़त नहीं बची थी। उसके पैरों से ख़ून भी बहने लगा था और उसकी साँस अब भयानक तरीक़े से फूल गयी थी। हवा में टँगे हुए हाथ उसे परेशान कर रहे थे। अमित को अपने गले में कुछ अटकता–सा महसूस हुआ, उसे लगा वह दो हाथ उसका गला दबा रहे हैं। उसके गले से गों–गों की आवाज़ निकल रही थी। अमित को लगा जैसे वह मरने वाला है, तभी उसने पूरी ताक़त से कार वाले को आवाज़ लगायी। कार के अन्दर से ड्राइवर ने सिर बाहर निकालकर हाथ के इशारे से कुछ पूछा। हाँफते–काँपते अमित उसे अपना क़िस्सा सुनाने लगा। हॉस्टल में उसके साथ जो हुआ और उसके बाद कैसे वह रिक्शेवाले की गिरफ़्त में आया और फिर चायवाले के कटे हाथ उसका पीछा करते–करते यहाँ तक आ गये!

कुत्तों की लड़ाई अब तेज़ होने लगी थी। अजीब–सी आवाज़ों से जितना अमित पीछा छुड़ाना चाह रहा था, उतना ही वे आवाज़ें उसे अपनी गिरफ़्त में ले रही थीं। अमित की पूरी कहानी सुनने के बाद वह ड्राइवर हँसा!

'मैं तुम्हें कहाँ तक छोड़ सकता हूँ! मैं तो नीचे शहर तक जा रहा हूँ, सुबह तक लौटूँगा, बोलो तो ले चलूँ?' उसके प्यार भरे आश्वासन ने अमित को आश्वस्त किया, मगर जैसे ही वह कार में घुसने को हुआ, वैसे ही उसकी निगाहें ड्राइवर के हाथों की तरफ़ गयीं। वह एक बार फिर से जड़ हो गया! उफ्फ़ क्या हो रहा है! कौन कर रहा है उसके साथ यह

सब? उस ड्राइवर के भी हाथ ग़ायब थे और गाड़ी अपने आप चल रही थी। ड्राइवर ने सर्द आवाज़ में पूछा– 'कहीं ये तो नहीं है वह!'

अमित ने कार का गेट फटाक से बन्द किया और फिर दौड़ लगाना शुरू कर दिया। अब उसके पैरों ने बिल्कुल जवाब दे दिया था और अब वह एक भी क़दम नहीं चल सकता था। उसकी समझ में बिल्कुल नहीं आ रहा था कि आख़िर उसके साथ क्या हो रहा है? उसे लगा जैसे सारे कटे हुए हाथ उसके चारों तरफ़ आ गये हैं और उसे परेशान कर रहे हैं। दो हाथों ने उसका गला पकड़ लिया है, दो ने उसकी कमर और दो ने उसके पैर! और वह चाहकर भी आगे नहीं बढ़ पा रहा है। वह भाग जाना चाहता है। दौड़ते–दौड़ते वह नदी तक पहुँच गया। पुराने क़िले से होकर बहने वाली इस नदी के बारे में न जाने कितनी कहानियाँ लोगों के बीच थीं। न जाने कितने लोग इसमें समा गये, कभी बाहर नहीं आये! अमित को तो तैरना भी बहुत ज़्यादा नहीं आता! वह क्या करेगा? उसने किनारे पर नाव खड़ी देखी, उसने मल्लाह को देखा, और कुछ न देखते हुए वह नाव में बैठ गया।

मल्लाह ने भी पूछा–'काहे भैया, कहाँ से भागत भए आय रहे हो! कौन पड़ो है पीछे?' गुलाबी ठण्ड में नदी के पानी पर नाव चलने की आवाज़ से अमित जैसे कहीं खो गया। उसने नदी के पानी से अपने चेहरे पर छींटे मारे। और आसमान की तरफ़ नज़र घुमाई। पूरे चाँद की रात थी।

माँ कहती थीं– 'आज की रात न जाने कितने लोग बाहर आते हैं! जो कुसमय मर गये!' अमित ने पानी से अपना मुँह धोया और आँखें बन्द कर लीं! तभी मल्लाह ने फिर पूछा–'काहे भैया, क्या हुआ है?' अमित ने सारा क़िस्सा बताया। शाम से लेकर अब तक! अब वह नदी के पानी में आकर कुछ शान्ति महसूस कर रहा था। उसने अपनी आँखें बन्द कर लीं और चाँदनी को महसूस करने लगा था। तभी अचानक से उसे कुछ अजीब–सी टप–टप की आवाज़ आयी, वही आवाज़ जो उसके कमरे से आ रही थी। उसने देखा कि पतवार अपने–आप चल रही थी। मल्लाह ने सर्द आवाज़ में पूछा–'कहीं ये वह तो नहीं?'

अमित की चीख़ निकल गयी, उसे लगा अब और नहीं सह पायेगा! यह सब बहुत ज़्यादा हो रहा था! यह सब क्या था? इसके भी हाथ आधे कटे हुए। उसने कुछ भी नहीं सोचा और वह एकदम से नदी में कूद गया। जैसे–तैसे तैरते हुए वह किनारे पहुँचा। उसे लगा जैसे वह रिक्शेवाला,

चायवाला, ड्राइवर और मल्लाह सब उसके पीछे पड़े हुए हैं, वह भागना चाहता है पर भाग नहीं पा रहा, उसके पैर मन–मन भर भारी हो गये। उसके पास और तैरने की भी ताक़त न रही थी। अमित बेहोश हो गया।

सुबह वह हॉस्टल के गेट पर पड़ा हुआ था। उसे सिक्योरिटी गार्ड झिंझोड़ रहा था। अमित को कुछ नहीं पता था कि वह यहाँ पर कैसे आया? वह क्या कर रहा था? उसकी आँखों में अभी भी वही चार लोग और उनके कटे हाथ भरे हुए थे। उसे अभी तक लग रहा था जैसे उन सबके कटे हुए हाथ उसे हर तरफ़ से जकड़े हुए हैं। सब हँस रहे हैं, सब उसका मज़ाक़ उड़ा रहे हैं और पूछ रहे हैं– 'कहीं ये वह तो नहीं!' वह चीख़ने लगा। उसे लगा जैसे उसके आसपास सभी लोगों के हाथ कट गये हैं और वह कटे हाथों की शैया पर लेटा हुआ है। और वे सभी हाथ उसके पूरे शरीर पर क़ब्ज़ा जमाये बैठे हैं। वह चीख़ रहा है, चीख़ते–चीख़ते चीत्कार कर रहा है–'कौन हो तुम लोग? और मेरे ही पीछे क्यों पड़े हो? मैंने क्या किया है?' अमित को उसके हॉस्टल का सिक्योरिटी गार्ड झकझोर रहा था और आसपास अजनबी लोग खड़े थे।

उसने देखा–गार्ड भी हाथविहीन है... बिना हाथ के झिंझोड़ रहा है

अमित डर के कारण सिमट रहा है...

उसके चारों तरफ़ हाथ ही हाथ हैं...

सामने की दीवार पर एक ख़ून–सनी हथेली की छाप है और ख़ून से ही लिखा हुआ है–'कहीं ये वह तो नहीं!'

कुएँ का रहस्य

रात का तीसरा पहर, तीन बजे थे। उतरती हुई रात थी, कसमसाता हुआ अँधेरा था, कुछ डरावनी आवाज़ें थीं, और वह थी। आवाज़ों के साये से निकलकर वह भाग रही थी। आसपास हर तरफ़ आवाज़ें, वह उन आवाज़ों से घिरी थी। उसके पैरों में जैसे किसी ने चाबी भर दी हो और वह भाग रही थी। वह तो भाग ही रही थी उसके साथ उसकी छाया भी भाग रही थी।

'नहीं नहीं, वह नहीं रहेगी इस गाँव में, वह चली जायेगी, उसका जाना ही सही है। यहाँ रहेगी तो न जाने क्या हो!'

तीन बजे निस्तब्धता के माहौल में, जब भूत–चुड़ैल गाँव के रास्ते पर भटकते हैं, तब वह अकेली चली जा रही थी। उसने पीछे मुड़कर देखा, नहीं कोई नहीं था। इतनी रात गये, वह जा रही थी, गाँव से उसकी दूरी बढ़ती जा रही थी और रेलवे स्टेशन से उसकी दूरी कम होती जा रही थी। इस गाँव से तो वह हमेशा–हमेशा के लिए जा रही थी, मगर मायके नहीं! क्योंकि उसे पता था कि उसे फिर से यहीं वापस भेज दिया जायेगा! कौन से उसके अम्मा–बाप के पास पैसा था जो उसे फिर से अपने घर में रख लेंगे! और अम्मा–बापू तो एक बार मान भी जायें, पंचायत? पंचायत क्या करेगी? पुलिस में जा नहीं सकती? अब जो करना है, करना ही है! इस गाँव की तरफ़ पीछे मुड़कर देखना भी नहीं है! नहीं, नहीं, वह उस कुएँ में नहीं जा सकती। अगर यहाँ रुकी तो ज़िन्दा नहीं रह पायेगी वह।

'नहीं नहीं...'

वह तेज़ दौड़ती रही, तभी पीछे से कोई आवाज़ आयी–'भाग जा... भाग जा... दूर... बहुत दूर... यहाँ सिर्फ़ मैं रहूँगी, सिर्फ़ मैं।'

'नहीं नहीं, भागना ही है!'

ऐसे ही भागकर वह उस दिन अपने कमरे में आयी थी जब उसे

आँगन में किसी ने टोका था! आँगन से गुज़रकर जैसे ही वह पानी लेने रसोई में पहुँची, तो उसे लगा किसी ने टोका!

'छोटी दुल्हिन कहाँ जा रही हो! हमसे नहीं मिलोगी?'

तब भी रात के दो ही बजे थे। उसके गले में उगे काँटे जैसे और भी नुकीले हो गये थे। उसे लगा जैसे उसके पैर मन–मन भर भारी हो गये! उसे लगा जैसे उसकी छाया को किसी ने पकड़ लिया है। उसका मन तो भागना चाह रहा है, मगर उसके शरीर को किसी ने पकड़ लिया है। आँगन के इस पार से उस पार तक जैसे आवाज़ों की एक चादर बिछ गयी थी और हर आवाज़ बस यही पूछ रही थी, 'काहे दुल्हिन!'

उसके शरीर को उन आवाज़ों ने जकड़ लिया था। सम्मोहित–सा कर दिया था। दूसरे आँगन में लगे पीपल के पेड़ की पत्तियाँ तरह–तरह की आवाज़ें कर रही थीं। हवा का एक झोंका आता और उसके साथ ही उन पत्तियों के साथ आवाज़ों की चादर को और बिखरा देता। वह वहीं खड़ी थी, और आगे क़दम बढ़ा ही नहीं पा रही थी।

'दुल्हिन! क्या हुआ?' अम्बा को जैसे किसी ने झकझोरा!

'तुम रात को इतने बजे यहाँ क्या कर रही हो!' अम्बा दूर से किसी आवाज़ को अपने पास आते देख रही थी। उसे लगा उसके कानों की दीवारों से कोई आकर टकरा रहा है, मगर वह आवाज़ अन्दर नहीं आ पा रही थी। उसके कानों से टकराकर वह आवाज़ बार–बार वापस जा रही थी, जैसे किसी ने उसके कानों पर ही क़ब्ज़ा कर लिया हो! और दूसरी आवाज़ को वह आने न दे रही हो! न जाने कब तक उसके कानों में ही दोतरफ़ा लड़ाई होती रही। नीचे की तहों में वह आवाज़ क़ब्ज़ा किये हुए थी–'छोटी दुल्हिन, हमसे नहीं मिलोगी क्या? हम भी इसी घर में रहते हैं! हम आये हैं तुमसे मिलने!'

और दूसरी तरफ़ 'दुल्हिन क्या हुआ, इतनी रात में यहाँ पर क्या कर रही हो?'

भीतर वाली आवाज़ इस क़दर अम्बा के कानों पर क़ब्ज़ा किये थी कि उसके माथे से पसीना आने लगा, वो नवम्बर की रात थी। ठण्डी! हल्के–हल्के कम्बल ओढ़ने की रात! ऐसी रात में वह ठिठकी थी, आँगन के इस पार और उस पार से कोई बुला रहा था। उसे लगा जैसे दोनों दरवाज़ों के पास लगे हैंडपम्प से कोई पानी पी रहा है! वह मन्त्रमुग्ध–सी उस तरफ़ चल पड़ी!

'अम्बा, अम्बा!' उसके कानों पर फिर से दूर से आती हुई आवाज़ों ने क़ब्ज़ा जमाने की कोशिश की! मगर वह तो बढ़ी जा रही थी! उसके कानों में पड़ने वाली 'दुल्हिन' आवाज़ उसे अपनी तरफ़ खींच रही थी। जैसे ही उसने दूसरे आँगन में क़दम रखा, वैसे ही उसे किसी ने खींचा! 'अम्बा!' और उसकी आँखें खुलीं! बड़ी–बड़ी कजरारी आँखों में जैसे भय का एक तूफ़ान उमड़ रहा था। उसे लग रहा था जैसे कोई उसका दिल अपनी तरफ़ खींच रहा है। वह कहाँ है! उसे बस इतना याद था कि उसे प्यास लगी थी और वह रसोई में पानी लेने आयी थी! फिर उसके साथ क्या हुआ? उसके शरीर से ऐसा लग रहा था जैसे कोई अभी भी उसके भीतर ही था!

'मेरे साथ क्या हुआ है बिन्नो?' उसने बिन्नो से पूछा।

नयी दुल्हिन अम्बा के साथ परछाईं की तरह सटी रहती थी बिन्नो ! अम्बा की लाल साड़ी पर जैसे कोई सिन्दूर बिखेर गया था। अम्बा चौंक कर पीछे हटी!

'ये सिन्दूर किसका है बिन्नो?' बिन्नो ने कोई जवाब नहीं दिया।

'अम्बा, दुल्हिन! रात बहुत हो गयी है, आप भी अब सो जाओ! और चाहे कुछ भी हो जाये, इस आँगन से पार न जाना!' बिन्नो ने उसके हाथों में पानी का जग रखा और उसके कमरे तक छोड़ गयी।

अम्बा ने डरते–डरते अपने कमरे में क़दम रखा! कमरा क्या था, उसके मायके जैसी दो झोंपड़ी इस कमरे में समा जायें, शायद इसी कमरे की विशालता देखकर उसके अम्मा–बापू इतना ख़ुश हो गये थे कि उन्होंने झट से इस रिश्ते के लिए हाँ कर दी! न कुछ पूछा, न ही कुछ बताया। बस ये लोग दो जोड़ी कपड़ों में ब्याह लाये थे।

यहाँ आयी तो दो–तीन दिन तो अम्बा ठीक रही। जैसे ही मेहमानों की भीड़ कम हुई, अम्बा को हर तरफ़ अजीब–सी मुर्दनी–सी महसूस होने लगी। जैसे कुछ दबा हुआ है, कुछ अलग है! अलग–सी गन्ध। शाम होते ही वह नामालूम–सी गन्ध बदबू में बदल जाती। इतनी बड़ी हवेली के इकलौते वारिस से उसका ब्याह हुआ था। उसके मन में कई बार आता कि आख़िर इन लोगों ने उसके साथ ही क्यों ब्याह किया? इनके लिए कौन–सी लड़कियों की कमी है! ये सवाल तो उसने तब भी किया था, जब कंगन खुलने के बाद पहली बार वह अपने पति से मिली थी। उससे उम्र में थोड़ा बड़ा उसका पति, इस सवाल पर थोड़ा ठिठका, मगर विवाह

की पहली रात इस तरह की फ़ालतू बातों के लिए कहाँ होती है? अम्बा ने उसके पहले ब्याह के बारे में भी कुरेदना चाहा, मगर वहाँ एक चुप्पी रही! दोनों ही सवालों पर चुप्पी! इसी चुप्पी के बीच अम्बा को लगा कि उस कमरे में कोई और भी है! बार–बार उसे लगे कि इस मिलन में वह अकेली नहीं है, कभी उसके कानों में कोई हवा आये तो कभी उसे लगे कि कोई उसके हाथों को छू रहा है! डर की एक परत उस दिन उस रिश्ते पर जो छायी, वह फिर हट ही न पायी! धीरे–धीरे वह छाया की तरह जीने लगी। हर समय उसे लगने लगा जैसे कोई उसके साथ है। सिन्दूर भरते समय उसे लगता जैसे कोई छुपकर उसे देख रहा है! वह मुड़ती मगर उसे कोई न दिखता! यह कैसा रहस्य था। कोई है भी और नहीं भी। वह अकेली है और किसी के साथ भी! अम्बा के ब्याह को धीरे–धीरे एक महीना हो चला था। हवेली में ख़ातिर बहुत थी। इधर उसके मुँह से कोई बात निकले, उधर पूरी हो! रसोई में भी आना–जाना कम! दिन भर साजो–सिंगार में ही उसका समय जाता। मगर इस सिंगार में भी जैसे सब कुछ उधारी का या पहना हुआ लगता उसे। उसे पता था कि उसके पति का यह दूजा ब्याह है। पहली बीवी कैसे मरी, क्यों मरी, कोई न बताता! न ही उसकी कोई तस्वीर थी कहीं! उसने बिन्नो से पूछा, 'बिन्नो, बता न क्या हुआ था उन्हें?' जैसे ही वह यह सवाल करती, बिन्नो उससे लाड़ जताते हुए उसकी बलैयाँ ले लेती और कहती–'दुल्हिन, तुम ज़्यादा न सोचा करो! सोच–विचार का काम अपने पति पे छोड़ दो, मास्टरजी ही बहुत हैं, जे सब सोचने के लिए! तुम तो बस मास्टरजी को खुस रखो!'

वह लाज से दोहरी हो जाती। उस पर बहुत नज़र रखी जाती थी, और दुलार भी बहुत। पलक झपकते ही उसकी हर फ़रमाइश पूरी। बस पिछवाड़े में दूसरे आँगन में जाने की मनाही थी। सास बोलीं–'नयी दुल्हिन को पिछवाड़े नहीं जाना चाहिए, शुभ नहीं होता।'

दुल्हिन को अजीब लगता... उस घर में जितने भी लोग थे, सबके चेहरे पर अजीब–सी मुर्दनी छायी रहती... जैसे खुलकर हँसना किसी ने सीखा ही न हो। मानो साँप सूँघ गया हो...

दो–दो आँगन थे, उस घर में। एक आँगन में हवेली का ये हिस्सा था, जिसमें वह रहती थी और दूसरा हिस्सा जहाँ पर कुआँ था जिसे अब इस्तेमाल नहीं किया जाता था। उसकी खिड़की से कुएँ की जगत दिखती थी और आसपास की ज़मीन भी। दूर से देखने पर भी उसकी मिट्टी गीली

ही दिखती जैसे वहाँ रोज़ कोई पानी भरता हो लेकिन कौन! घर का कोई सदस्य तो वहाँ जाता ही नहीं था। ये तो तय था कि पानी तो था उसमें! अगर पानी था तो उस ओर कोई जाता क्यों नहीं था। अम्बा को कोई खींचता उस कुएँ की तरफ़! क्या था उस कुएँ में? घर में कोई नहीं चाहता था कि वह कभी भी उस तरफ़ जाये, जैसे ही वह दिन में आँगन के उस हिस्से में जाने का सोचती, घर के बाक़ी लोग उसे रोक देते! कोई नहीं चाहता कि वह दूसरे आँगन जाये... रहस्य गहराता गया... जितना सब रोकते। उतना उसके भीतर ज़िद बनती...

एक शाम यूँ ही खिड़की पर बैठी वह कुएँ की तरफ़ देख रही थी कि उसे लगा दूर धुँधलके में कोई स्त्री खड़ी है, वह धीरे–धीरे उसकी ओर बढ़ती आ रही थी, लम्बे–खुले केश, बालों में बेले का गजरा, सीधे पल्ले की साड़ी, माँग में नारंगी सिन्दूर, बड़ी–बड़ी आँखों में ढेर सारा काजल। अम्बा मन्त्रमुग्ध–सी उसे देखती जा रही थी। वह खिड़की के पास आकर खड़ी हो गयी थी। अम्बा सम्मोहित–सी उसकी ओर बढ़ी पर जैसे ही खिड़की के पास पहुँची, वह एकदम से ग़ायब हो गयी। अम्बा पर जैसे नशा सा चढ़ गया था, एकदम ख़ुमारी की सी हालत में वह आईने के पास खड़ी हो गयी और उसने अपने केश खोलकर, माँग के बीचोबीच वैसा ही सिन्दूर भरा, सीधे पल्ले की साड़ी और केशों में बेले के फूल खोंस सम्मोहित–सी बैठ गयी।

जैसे ही उसके पति ने कमरे में प्रवेश किया अम्बा का बनाव श्रृंगार देखकर कुछ पलों के लिए अवाक् खड़ा रह गया, फिर चीख़ता हुआ कमरे से भागा जैसे भूत देख लिया हो। उसकी चीख़ से जैसे अम्बा सोते से जागी और आईने में अपना रूप देखकर खुद भी हक्की–बक्की रह गयी। कपड़े ठीक कर और सारा श्रृंगार साफ़ कर वह बिस्तर पर लेट गयी। इस सारी घटना से वह बहुत सहम गयी थी, खिड़की की तरफ़ से मुँह फेरकर सोने की कोशिश करने लगी... मगर उसका मन चुप नहीं रह पाया। उसे लगा जैसे उसके साथ जो छाया लगी रहती है उसमें, इस कुएँ में और इन सब घटनाओं में कोई न कोई रिश्ता तो है ही! वह छाया कहीं उसी औरत की तो नहीं थी जो उसे आज दिखी थी? उसकी देह बँट जाती थी...उसकी आधी देह कुएँ की तरफ़ जाने की ज़िद करती, वहीं आधी देह उसे उसके बिस्तर तक खींच लाती। जैसे ही वह अपने बिस्तर पर जाती, उसे लगता जैसे कोई उस पर बैठ रहा है। उसे लगता जैसे कोई उसके

हाथ–पैरों में गुदगुदी कर रहा है। रात होते ही उसके कानों में अजीब आवाज़ें गूँजने लगतीं। देह के आवरण पर एक और आवरण चढ़ जाता। और उस क्षण वह बोलना चाहती, मगर बोल नहीं पाती, और चीख़ना चाहती तो चीख़ नहीं पाती। उसकी देह चलना चाहती, मगर उसका मन उसे रोक देता! उसे घबराहट होने लगती थी। रात होते ही उसे लगता जैसे कोई गला दबा रहा है... कोई पुकार रहा है... कोई चीख़ सुनायी देती।

कई बार उसे लगता कि पति के साथ प्रेम के निजी पलों में वह नहीं, कोई और उसके शरीर में काबिज़ रहता है। इतनी बेशर्मी, इतनी आतुरता, इतनी ढिठाई उसके अन्दर तो नहीं थी! उसका पति तक शरमा जाता था उसकी अधीरता देखकर। सुबह बिस्तर पर बेले के मसले फूल नज़र आते। पर कहाँ से, उसने तो गजरा लगाया ही नहीं था! शाम होते ही रोज़ कुएँ के आसपास धुआँ–सा फैलने लगता और एक स्त्री छाया घूमती हुई नज़र आती। वह घबराकर खिड़की बन्द कर लेती। कुएँ की गीली मिट्टी उसे और गीली लगने लगती और कभी–कभी उसे अपने बिस्तर पर भी कुएँ की गीली मिट्टी मिलती! यह सब उसके साथ क्यों और क्या हो रहा था, वह सोच–सोचकर पागल होने लगती, मगर उसे जवाब नहीं मिलता। जैसे ही उसके कानों में कुएँ की गीली मिट्टी शोर करती वह साये की तरह चिपकी रहने वाली सहायिका बिन्नो से पूछती–

'कोई आवाज़ सुनी...?'

वह इनकार करती। 'क्या बकवास करती हो दुल्हिन, कोई आवाज़ नहीं है!' और बिन्नो हँस पड़ती...

मगर अम्बा चुप नहीं रह पाती। वह बोलती रहती, 'नहीं बिन्नो, कोई है, कोई कराह रहा है। और तुम ख़ुद सोचो, कैसे मेरे बिस्तर पर कुएँ की गीली मिट्टी रोज़ आती है। कोई औरत है, जो मुझे रोज़ बुलाती है। रोज़ दिखती है। तुम किसी को जानती हो, बिन्नो! कैसे कोई मुझे बुला रहा है? मुझे लगता है वह मेरे शरीर, मेरे बिस्तर, मेरे दिमाग़, हर जगह है। बिन्नो, मैं मर जाऊँगी! बिन्नो, कोई है, जो बार–बार मुझसे कुछ कहने की कोशिश कर रहा है!'

बिन्नो हँसकर टाल जाती! पूरा परिवार हँसता रहता! मगर दुल्हिन अपनी बात पर टिकी रहती। अम्बा को अपने बिस्तर पर रोज़ अजीब लगता, रात का उसे कुछ याद नहीं रहता, जैसे पूरी रात वह नशे में रही हो। उसकी बात सुनकर और लोग हँसते। धीरे–धीरे परिवार में यह बात

फैलने लगी।

'दुल्हिन मायके से तो बीमारी लेकर नहीं आयी?'

'ग़रीब घर की लड़कियों में यही तो कमी है! पैसा देखकर आँखें चुँधिया जाती हैं और फिर बिलबिलाने लगती हैं, ऊँट की तरह।'

सब दुल्हिन को अजीब निगाह से देखने लगे...

भूत–प्रेत का साया समझकर ओझा बुलाने की बात होने लगी। बिन्नो की चुप्पी कई बार अम्बा को रहस्यमय लगती। कई बार बिन्नो की आँखें रहस्य से चमकतीं और फिर शान्त हो जातीं। अम्बा ने कई बार उसकी आँखों में कुछ देखा था, मगर क्या था, वह जान नहीं पायी। वह नवम्बर के अन्तिम दिनों की शाम थी।

हालाँकि मौसम उमस का नहीं था, मगर अम्बा के दिल में उमस होने लगी। उसके कानों में फिर से आवाज़ आने लगी। कुएँ की गीली मिट्टी उसके आँचल पर छाती गयी और अचानक से उसकी आँखों में कुछ समाया। एक अदृश्य ताक़त उसे अपने साथ खींचती हुई पिछवाड़े की तरफ़ ले गयी, उसने पिछवाड़े का दरवाज़ा खोला, भारी–भरकम दरवाज़ा, कमज़ोर हाथों से। कई बार अम्बा दिन में इस दरवाज़े के पास आयी थी और इसे देखकर उसे लगने लगा था कि वह कभी भी इसे नहीं खोल पायेगी। मगर आज तो उसके हल्का–सा धक्का मारते ही वह खुल गया। सामने ही उसे वह कुआँ दिखने लगा, जिसकी मिट्टी उसे बार–बार बुला रही थी। जिसकी मिट्टी अभी तक उसके पल्लू से लटक रही थी। आधा खुला और आधा ढँका हुआ कुआँ, जिसमें अभी भी एक पुरानी बाल्टी रस्सी से लटक रही थी।

आवाज़ आयी–'छोटी दुल्हिन आ ही गयीं, बैठो!'

वह बिना किसी सवाल के कुएँ की जगत पर बैठ गयी।

कुएँ से आवाज़ें आने लगीं, कभी ठहाके लगाने की, कभी चीख़ने की। तो कभी–'आओ दुल्हिन, अपना नया घर नहीं देखोगी? अन्दर आ जाओ... नीचे आ जाओ...'

अम्बा की आँखें चौड़ी होती जा रही थीं। पीछे उल्लू अजीब–सी आवाज़ें करते हुए उसके सिर पर ही मँडरा रहे थे। हर तरफ़ से सियारों के रोने की आवाज़ें आ रही थीं। कुएँ से आती हुई आवाज़ें बन्द ही नहीं हो रही थीं। अम्बा ने डरते हुए कुएँ में झाँका। अन्दर से आवाज़ें आकर उसे डरा रही थीं–'वह घर सिर्फ़ मेरा है, वह कमरा, वह बिस्तर मेरा है,

वह मेरा पति है...।' अम्बा को लगा कोई हुंकारता हुआ यह सब बातें कह रहा है, नीचे झाँका तो पानी में अपना ही साया देखकर अम्बा चौंक गयी!

'ओह, वह यहाँ कैसे? कौन है जो उसे मारेगा?'

'का छोटी दुल्हिन, काहे शरमा रही हो! देखो, हम तुम्हारा इन्तज़ार कर रहे हैं, आओ न!' सिसकारती हुई–सी आवाज़ आयी।

उसे किसी ने बुलाया।

'नहीं, मैं नहीं आऊँगी!' अम्बा के मुँह से निकला।

'काहे नहीं, हम का दुश्मन हैं तुम्हारे! बिन्नो से पूछना! हम तो कितने प्यारे हैं!' अम्बा कुछ सोच भी न पायी थी, कि कुएँ से फिर सिसकारती हुई–सी आवाज़ आयी–'नीचे आओ न दुल्हिन!' ऐसी आवाज़ जो हड्डियाँ तक कँपा दे।

अम्बा का मन उलझता जा रहा था। ऐसा लग रहा था जैसे किसी ने उस पर वशीकरण कर दिया है। वह सम्मोहित–सी कुएँ में नीचे झाँक रही थी। हवा में ठण्डक इस समय तक काफ़ी हो चली थी। ऐसे में पानी की तलब, अम्बा उस आवाज़ की तलाश में थी। वह आवाज़ उसे अपने वश में कर रही थी।

'दुल्हिन, आओ।' फिर उसी औरत की चीख़ 'दुल्हिन बचाओ, मैं मरना नहीं चाहती! दुल्हिन, भाग जाओ! भाग जाओ!'

'हमने कितनी बार कोशिश की तुमसे मिलने की, बात करने की! दुल्हिन, ये हवेली तुम्हारी नहीं है, भागो! नहीं तो मैं तुम्हारा ख़ून पी जाऊँगी, मेरे रहते यहाँ कोई दूसरी औरत नहीं आ सकती', अबकी आवाज़ में क्रोध और उत्तेजना थी।

अम्बा के माथे पर पसीना फिर से आने लगा था। पीछे डाल पर बैठे उल्लू फिर से बोलने लगे थे। चमगादड़ों के फड़फड़ाने की आवाज़ गूँजी। पीछे अँधेरा कब का सिर पर आ चुका था। अचानक माहौल में बेले के फूल और इतर की ख़ुशबू तैरने लगी। अम्बा के दिमाग़ में फिर जैसे नशा तारी होने लगा।

'दुल्हिन भाग जाओ, भाग जाओ!' कुएँ से यही आवाज़ बार–बार आ रही थी। अम्बा का आँचल एकदम से कुएँ की गीली मिट्टी से भर गया। अम्बा अपने आँचल को झाड़ने ही लगी थी कि उसे लगा जैसे उसके पीछे कोई है! सम्मोहन की अवस्था में वह जगत पर चढ़ गयी और जैसे ही एक पैर आगे किया, किसी ने उसे पीछे से ज़ोर से पकड़ा।

कुएँ से आती हुई आवाज़ें शान्त हो रही थीं। अम्बा अब भी सम्मोहित सी खड़ी थी।

बिन्नो ने उसका कन्धा झिंझोड़ा... 'होश में आइये दुल्हिन...'

बिन्नो उसके पीछे–पीछे खोजती हुई आ खड़ी हुई थी।

काँपती हुई अम्बा, बिन्नो की बाँहों में झूल गयी। उसे कमरे में ले आयी। इससे पहले कि सब लोग जान जायें...

'बिन्नो, आज तुझे बताना ही होगा, ये आवाज़ें मुझे पागल कर रही हैं। ये आवाज़ें मुझे मार डालेंगी? मगर यह आवाज़ मुझे इस हवेली से क्यों भगा रही है?' अम्बा ने अपनी कसम देकर, गिड़गिड़ाते हुए बिन्नो से पूछा।

बिन्नो पिघल गयी और उसने बड़े मालिक को दिया गया वादा, अम्बा की हालत देखकर तोड़ दिया। फिर तो वह एक तोते की तरह बताती गयी कि किस तरह उससे पहले मास्टर साहब की शादी सुमन से हुई थी। बहुत ही सुन्दर और सुघड़! मास्टरजी पर तो जान छिड़कती थी लेकिन चार साल हो गये और कोख हरी नहीं हुई तो घर में मास्टरजी की दूसरी शादी की बात होने लगी। मास्टरजी भी चुप्पी साध गये थे। उनके प्रेम में पागल सुमन से यह बर्दाश्त नहीं हुआ और एक रात सबसे लड़–झगड़कर कुएँ में कूद पड़ी। पर जाते–जाते चीख़–चीख़कर यह ज़रूर कह गयी थी कि इस हवेली से उसे कोई निकाल नहीं सकता। दूसरी किसी औरत को वह यहाँ बसने नहीं देगी। इसलिए इस बार ग़रीब घर की लड़की को हवेली वाले बहू बनाकर लाये थे ताकि उसके परिवार वाले ज़्यादा सवाल न करें। ओह! तो वह सुमन की ज़िन्दगी की वही दूसरी औरत थी, सुमन उसकी ही जान की प्यासी थी। अम्बा का दिल दहला जा रहा था। क़िस्सा कहते–कहते एकदम से बिन्नो शान्त हो गयी। बिन्नो को शान्त देखकर अम्बा ने उससे उस रात के झगड़े की कहानी सुनाने का अनुरोध किया। अब बिन्नो ने जो बताया, वह दहलाने के लिए काफ़ी था।

उस रात भी बड़की दुल्हिन यानी मास्टर साहब की पहली पत्नी सुमन कूएँ पर बैठकर पूरे साज–श्रृंगार के बाद बालों में लगाने के लिए बेले के फूलों का गजरा बना रही थी। कुएँ के चारों ओर उसने तरह–तरह के फूलों के पौधे लगा रखे थे और घण्टों वहाँ बैठकर ख़ुद से बातें करती थी। मास्टरजी की दूसरी शादी की बात सुनकर वह बहुत दुखी थी और चाहती थी कि कैसे भी उन्हें शादी नहीं करने के लिए राजी कर ले। जगत पर बैठे–बैठे अचानक ही उसके होंठों से यह दर्द भरा गीत

निकल आया था–

'बड़का घरे में ब्याहो न बाबुल, एक बीघा खेत में ब्याह दीजो,
मगर दूल्हा ऐसो खोजो ए बाबुल, रखे गरे से लगाय के'

'अच्छा, तो तुम्हें गले से लगाकर रखने वाला दूल्हा चाहिए। क्या किसी को याद कर यह गीत गुनगुना रही हो?'

अचानक मास्टर साहब उसे ढूँढ़ते हुए वहाँ आ गये। काफ़ी दिनों से पत्नी का रोना–धोना और गाना सुनता सोमदेव सिंह अब खीझ चुका था। वंश चलाने के लिए उसे ब्याह तो करना ही होगा और यह मूर्ख स्त्री ज़िन्दगी नरक बनाये दे रही थी। देर रात को पत्नी कमरे में नहीं मिली तो दाँत पीसते हुए खोजने लगे। खोजते हुए जब दूसरे आँगन में पहुँचे तो सिसकियों के साथ गीत सुनायी पड़ा। हवेली की बहू, आरोप लगाने वाले गीत कैसे गा सकती थी कि बड़े घर में बाबुल न ब्याहना! सोमदेव सिंह का मर्द जाग उठा। उन्हें लगा कि यह स्त्री तो रो–रोकर उन्हें पूरे गाँव में बदनाम कर रही है जबकि उसे इतने आदर से घर में रख रखा था। वह अमावस की रात थी। अँधेरा इतना कि हाथ को हाथ न सूझे। मास्टर साहब ने अपनी पहली पत्नी को ख़ूब लताड़ा उस रात, सुमन से भी रहा नहीं गया, उसने लोटा उठाकर पति के कपाल पर मार दिया। फिर क्या था? गुस्से में आगबबूला हुए और बिना आगा–पीछा सोचे सोमदेव सिंह भी चिल्ला उठा!

'जा साली मर... हाथ उठाने की औकात... चार साल से एक चूहा तक न जन्मा, साली... बाँझ! जा... मुक्त कर... छोड़ मेरा रास्ता... बहुत झेल लिया... शादी तो मैं अब ज़रूर करूँगा'।

सुमन और सुन नहीं सकी और जब तक सोमदेव सिंह को होश आता... सुमन उन्हें और हवेली को श्राप देती कुएँ में कूद चुकी थी। बिन्नो ने बताया कि गाँव के ओझा का मानना था कि अतृप्त औरत चुड़ैल बन जाती है और सुमन भी चुड़ैल बन चुकी है, देह की प्यासी और हर स्त्री की जान की दुश्मन!

अम्बा बैठी हुई थी, कुएँ के भीतर से आती आवाज़ें उसे अभी तक परेशान कर रही थीं। बिन्नो ने बिना कुछ बोले उसे एक पर्ची थमायी और इशारा किया कि चुड़ैल को चकमा देकर वह भाग जाये, वह अभी शान्त हुई है। वह बेतहाशा भाग निकली। भागती रही... भागती रही... मगर

अकेली कहाँ थी... पूरे रास्ते उसके साथ एक छाया भी भागती हुई आयी थी। गाँव में रुकने वाली ट्रेन लेट थी, अम्बा के पहुँचने के कुछ ही देर बाद वह ट्रेन पहुँच गयी। जैसे ही अम्बा ट्रेन में बैठी, वैसे ही उसके आँचल से कुएँ की मिट्टी झरने लगी और उसे किसी स्त्री का ज़ोर से ठहाका सुनायी दिया। जो छाया पीछे–पीछे आयी थी... वह ठहाके लगा रही थी... अचानक छाया ने पलटी मारी और हवा में विलीन... हल्के अँधेरे में सब घट रहा था, ट्रेन सरकने लगी थी... भयानक आवाज़ हवा में गूँजी–'मैं कुएँ में जा रही हूँ, तू चलेगी?'

छपाक की तेज़ आवाज़ आयी, ओह, यह ट्रेन कहाँ रुकी हुई है। बाहर क्या है, कुआँ! आँगन! वह कहाँ आ गयी है? वह तो भागकर ट्रेन में बैठी थी न!

सुबह हवेली के लोगों ने जो देखा, उनकी आँखें फटी–की–फटी रह गयीं। कुएँ के बाहर अम्बा की चप्पल और कपड़े पड़े थे और अन्दर कुएँ में उसकी पानी में फूली हुई लाश।

अब हर रात वह आँगन गुलज़ार होता, बेले के फूलों की ख़ुशबू से मह–मह करता। दो चुड़ैलें पूरे श्रृंगार के साथ आदमियों के शिकार पर निकलती थीं, अपनी अतृप्त प्यास को बुझाने भटकतीं और जो भी स्त्री इसमें बाधा बनती उसकी नंगी लाश उसी कुएँ में पड़ी मिलती।

वहाँ अब कोई नहीं रहता

इस बरस फिर से वही सर्द रात थी। ख़ून जमा देने वाली और हड्डियों तक को कँपा देने वाली ठण्डी हवा चल रही थी। कोहरा ढलती दोपहर से ही इतना भरने लगा था कि दिन की रोशनी भी कोहरे में धुँधली हो गयी थी। रास्ता तक नहीं सूझ रहा था। रास्ते के दोनों तरफ़ के घने जंगलों से आती ठण्डी हवा कपड़े को चीरकर शरीर में घुस रही थी। सुक्खम सिंह छह बजिया ट्रेन से उतरे थे और स्टेशन पर ही ठिठक गये थे। सर्द दिनों में सूरज जल्दी डूबता है। अँधेरा उन्मुक्त बाँहें पसारे धीरे–धीरे स्टेशन और उसके आसपास के जंगल पर पसर रहा था। सुक्खम सिंह पूरी तैयारी से आये थे, सो न अँधेरे की परवाह थी न जंगल की। बस सर्द हवाएँ चुभ रही थीं। सन्नाटा भी गहरा था। उनके साथ के यात्री अपनी–अपनी साइकिलें लेकर निकल गये थे। कुछ ने रिक्शा सवारी ली तो कुछ पैदल ही निकल पड़े। चारों दिशाओं में यात्री फैल चुके थे। सन्नाटे में डूबे सुक्खम सिंह पिछली सर्दियों की उस रात के बारे में सोच रहे थे।

शेखपुरा ज़िले के गाँव सोनबरसा जाने वाली सड़क पर सर्दियों की शाम से ही मुर्दनी छा जाती थी। लोग ठण्ड के कारण अपने–अपने घरों को जल्दी लौट जाते या दुबक जाते थे। कुछ बड़े बुजुर्ग घर के बाहर घूरा जलाकर आग तापते मिल जाते। उनकी बतकहियों में राजनीतिक समाचार के अलावा ठण्ड का कहर भी शामिल होता। गाँव से दो मील की दूरी पर छोटा–सा रेलवे स्टेशन था, जहाँ से गुज़रने वाली हर ट्रेन इस निस्तब्धता को तोड़ने की कोशिश करती थी। उधर से गुज़रने वाली ट्रेनों से गाँव वाले समय का अन्दाज़ा लगाते! उस छोटे से स्टेशन पर एक या दो पैसेंजर ट्रेन ही रुका करती थीं, एक सुबह और दूसरी शाम। शहर जाने वाले सुबह की ट्रेन पकड़ते थे तो वहीं शहर में काम करने

वाले लोग शनिवार को घर आते। कुछ लोग थे जो कुछ मजबूरियों के चलते रोज़ घर पर आते थे। इनमें से ही एक थे सुक्खम सिंह!

लेकिन यह सिलसिला लम्बा चल नहीं पाया। अचानक व्यवधान पड़ा और उन्हें पिछले साल ही गाँव छोड़कर जाना पड़ा। पिछले साल इसी सर्द रात में उनके साथ जो घटना घटी, सुक्खम सिंह गाँव छोड़कर अगले ही दिन शहर चले गये। उस एक रात ने उनकी ज़िन्दगी बदल दी।

आज वह अकेले ही गाँव की तरफ़ चल पड़े। इस बार वह जानबूझकर अकेले हुए। वह देखना चाहते थे कि उन राहों पर कोई रहता है या नहीं। कोई फिर उनसे संवाद करने आता है या नहीं।

कभी–कभी उन्हें यक़ीन नहीं होता कि सर्दी की उस रात उनके साथ जो हुआ था क्या वह सच था? अगर सच था तो वह दुबारा नहीं मिलेगी और सच नहीं था, तो? तो क्या? तो क्या आज फिर से उनके साथ वही होगा? क्या वह फिर आयेगी? नहीं, नहीं! अब क्यों? अब तो उसके कहने के मुताबिक़ सब कुछ हो गया है! सोचते–सोचते इतनी ठण्ड में उनके माथे पर बहुत पसीना आ गया था! वह फिर से उसी रास्ते पर थे, जिस रास्ते को एक बार छोड़–छाड़कर शहर में बस गये थे। आज लौट रहे थे! यह लौटना नहीं था, यह किसी मन्तव्य से लौटना था। किस अदृश्य ताक़त को परखने की मंशा थी। बस उन्हें बार–बार एक ही सवाल परेशान कर रहा था कि वह जो भी चीज़ थी, उन्हीं के पास क्यों आयी थी?

आज भी वह उस घटना को याद कर सिहर उठते थे। उसके बाद बहुत समय तक वह बार–बार चौंककर उठ बैठते, घर से बाहर निकलते तो उन्हें लगता कि उनके आसपास कोई है जो उन्हें घूर रहा है। उनकी निगरानी कर रहा है। लेकिन बिहार के गया नगर से लौटते ही भीतर का सारा भय ग़ायब। सीने से बोझ–सा उतर गया था। हिम्मत लौटने लगी थी। इसी हिम्मत के सहारे सुक्खम सिंह आज अकेले ही गाँव की ओर चल पड़े थे। वैसे ही सर्दी थी जो 1984 की उन जनवरी की रातों में पड़ी थी। ये 1985 का दिसम्बर है।

वह अकेले बढ़े जा रहे थे उसी रास्ते पर।

दूर–दूर तक केवल सन्नाटा! ऐसा ही सन्नाटा उस शाम को भी था, पेड़ों की पत्तियों पर कोहरा जमने की तैयारी में था। दस बजे से ही टपकने लगेगा। सन्नाटा भाँय–भाँय करता हुआ, कहीं कोई नहीं। पेड़ हवा में झूम रहे थे। वह धीरे–धीरे चलते रहे, चारों तरफ़ देखते हुए। हाथ

में पावरफुल टॉर्च थी, जो दूर तक रोशनी करती थी। रास्ते पर पड़ती उसकी रोशनी प्रकाश की एक रेखा बना रही थी, आसपास गहन अँधेरा। आज वह कोई आवाज़ सुनने से पहले आवाज़ लगाने के मूड में थे। रास्ता निरापद था। कहीं से कोई आवाज़ नहीं। न ही कोई छाया दिखायी दे रही थी। वह उस छाया को ढूँढ़ रहे थे ताकि उससे कुछ पूछ सकें। आख़िरकार हिम्मत कर उन्होंने आवाज़ लगायी। बार–बार उन्हें ऐसा लग रहा था जैसे वह न जाने कितनी गहराई से आवाज़ लगा रहे हैं, हर बार आवाज़ जिस्म में एक सरसराहट पैदा कर रही थी। हर बार, डर का एक झोंका और माथे से एक पसीने की बूँद टपक जाती! ठण्ड और डर दोनों से उनका ख़ून जम रहा था! सुक्खम सिंह के हाथ में लाठी थी, उन्होंने हवा में लाठी चलायी! हवा में साँय–साँय की आवाज़ आयी, लगा जैसे हवा चिर गयी हो, बीच से दो टुकड़े हुई हो! मगर कोई नहीं आया! अगर कोई नहीं था तो उस दिन कौन था और क्यों था? सुक्खम सिंह ने फिर से लाठी चलायी, फिर से हवा चिरी, मगर फिर से हवा इकट्ठी हो गयी! इकट्ठी हुई हवा एक ही जगह पर आ गयी! सुक्खम सिंह के माथे पर पसीना जमा होने लगा था। एक तो हड्डियाँ गलाने वाली ठण्ड और उस पर पसीना! सुक्खम सिंह की समझ से सब बाहर! सुक्खम सिंह ने फिर से आवाज़ लगायी! वह आवाज़ कहीं दूर से आती नज़र आयी! आख़िर सुक्खम सिंह को आज इतना डर क्यों लग रहा था, जैसे आत्मा की तहों तक एक डर बैठा हो! उस दिन भी तो कोई आत्मा ही थी उनके साथ! नहीं नहीं! आत्मा नहीं हो सकती! भूत रहा होगा! 'जाओ, जाओ, भूत–वूत कुछ नहीं होता!' गाँव और स्टेशन के बीच जो खेत थे उनमें सियारों का आना मामूली बात थी, सुक्खम सिंह को लगा जैसे सैकड़ों सियार 'हुआँ हुआँ...' करके रो रहे हैं! सुक्खम सिंह को फिर से वही रात याद आ गयी! आज तो उनके हाथ में लाठी थी ही! स्टेशन से निकले हुए उन्हें समय हो गया था और गाँव आने में समय था। वह पैदल–पैदल वहीं पहुँचे और आवाज़ लगायी –'कोई है... कोई है... सामने आये। मैं आपका आदेश मानकर काम पूरा कर आया हूँ। सामने आइए। बात करिए। कौन हैं आप। मेरे परिवार से क्या मतलब था आपका?'

सन्नाटा फिर से शोर करने लगा! सुक्खम सिंह ने एक बार फिर से कड़क आवाज़ में कहा–

'आओ न सामने! कहाँ गयी? उस दिन तो बहुत ज़ोर था!'

सुक्खम सिंह हाँफने लगे थे!

मगर सुक्खम सिंह के उकसाने का कोई असर नहीं हो रहा था। सन्नाटे में केवल उन्हीं की आवाज़ गूँज रही थी, कभी–कभी तो उन्हें लग रहा था जैसे कोहरे के साथ उनकी भी आवाज़ इकट्ठी हो गयी है और वहीं कहीं झूल रही है, वह वहाँ से आगे बढ़ ही नहीं रही! सुक्खम सिंह को गुस्सा आया! इतना ही गुस्सा उन्हें उस दिन आया था, जब वह अकेले इस रास्ते से गुज़र रहे थे। मगर आज, आज क्यों नहीं है कोई? और उस दिन अगर उनके गले पर किसी ने पंजे मारे थे तो आज क्यों नहीं? आज क्यों कोई धक्का नहीं दे रहा? आज क्यों कोई यह नहीं कह रहा कि जाओ... जाओ.. गया! सुक्खम सिंह बोलते हुए गाँव तक पहुँच गये। कोई न मिला। गाँव की सड़क जहाँ से शुरू होती है, वहाँ सारे रिश्तेदार खड़े थे। सबने चैन की साँस ली। कोई अप्रिय घटना नहीं घटी। सबके ज़ेहन में उस रात की घटना कौंध रही थी। सुक्खम सिंह ख़ुद उस रात को याद करके अब भी सिहर उठे।

वह शुक्रवार की शाम थी। उस दिन सुक्खम सिंह को थोड़ा अजीब भी लगा था। उस दिन उनके गाँव के लिए और कोई नहीं उतरा। स्टेशन से बाहर निकलते ही बाक़ी लोग अपनी–अपनी दिशा में चले गये। केवल सुक्खम सिंह ही अकेले रह गये उस स्टेशन पर! अकेले के लिए कौन जाये? अकेले के लिए कोई सवारी नहीं मिलती थी। कच्ची सड़क थी। सुक्खम सिंह को पैदल ही जाना पड़ा। वैसे वह अधिकतर पैदल ही जाते थे, कोई न कोई तो गाँव का मिल ही जाता था, साइकिल रखते नहीं थे कि स्टेशन से चोर दिनदहाड़े उठा ले जाते थे। पैदल चलना स्वास्थ्य के लिए लाभदायक समझकर वह रोज़ सुबह–शाम एक मील पैदल चलना पसन्द करते थे। उस रात सुक्खन सिंह स्टेशन पर उतरे तो देर तक ठिठके रहे। उनके अलावा कोई सवारी नहीं थी जो गाँव तक साथ जाती। उन्हें आश्चर्य हुआ कि रोज़ के साथी–संगाती सब कहाँ ग़ायब हो गये। वह अकेले ही गाँव की तरफ़ चल पड़े। हाथ में सिर्फ़ रोज़ का बैग जिसमें टिफिन होता या कुछ ज़रूरी सामान। इस अकेलेपन से वह घबरा रहे थे! आज कोई भी नहीं है। सुकमा ही होता, या शिवचरण, या फिर राजा! कोई नहीं था! चाय का खोखा भी बन्द था! इतनी ठण्ड, तिस पर कोई साथ नहीं और चायवाला भी बन्द! माहौल कुछ अजीब–सा लग रहा था सुक्खम सिंह को! मगर चलना तो था ही, उन्होंने बैग लिया और गाँव की

तरफ़ निकल पड़े थे। स्टेशन से दो सौ मीटर के बाद बस्ती ख़त्म, घना जंगल शुरू। स्टेशन की बस्ती ख़त्म होते ही वह कच्ची–पक्की खरंजे की सड़क पर आ गये! ठण्ड बढ़ने लगी तो बीड़ी सुलगा ली। ठण्ड से लड़ने के लिए यही एक उपाय सूझा! कँपकँपी अभी भी छूट रही थी सो ऊनी चादर कस के लपेट ली। चल पड़े गाँव की ओर, क़दम तेज़ बढ़ाते जा रहे थे। मन में न जाने कैसे–कैसे ख़याल लिए सुक्खन बाबू चलते चले जा रहे थे।

अचानक से ही झाड़ियों में सरसराहट सुनायी दी, कुछ अजीब–सी आवाज़ें, जैसे कोई उनके साथ साँसें ले रहा हो। ह्ह्हअह्ह्हअह्ह्ह... उन्हें ऐसा लगा जैसे उनकी बाजू से किसी की साँसें टकराई हों! तेज़–तेज़ साँसें! गुस्से में भरी साँसें! उन्होंने तेज़ी से क़दम बढ़ाये। फिर लगा कोई साथ–साथ चल रहा है। पैदल चलने की आहटें! पाँवों को लगभग घसीटते हुए। अब सुक्खम सिंह को डर लगने लगा! उन्होंने चारों तरफ़ देखा, टॉर्च की रोशनी फिराई पर उन्हें कहीं कोई नहीं दिखा! इतनी सर्दी में जब वह आराम–आराम से चलना चाहते थे, उनके क़दम अनायास ही बहुत तेज़ी से चलने लगे और पूरा शरीर पसीने से नहा गया। इतने लोगों के साथ आते थे सुक्खम सिंह, आज तक तो ऐसा कभी हुआ नहीं था। उनके साथ कोई अनदेखा आदमी या औरत पहले तो नहीं चला था, न जाने कब से इस रास्ते से गुज़रते आ रहे थे, सैकड़ों बार इस रास्ते से आये थे!

अचानक कोई साया–सा लहराया और एक तेज़ चीख़ उभरी और हवा में विलीन। कोई पक्षी फड़फड़ाता हुआ उनके क़दमों के पास गिर पड़ा। शायद दर्द से छटपटा रहा था और उसके बदन से ख़ून की तेज़ धार निकल रही थी। वह चिहुँककर पीछे हटे। उनके मुँह से तेज़ चीख़ निकली। उनके दिल की धड़कन धाड़–धाड़ बजने लगी। कलेजा मसोसने लगे ही थे कि अचानक फिर उन्हें लगा कि कोई उनके समानान्तर चल रहा है। वे खंरजा वाली सड़क पर चल रहे हैं और एक छाया उनके समानान्तर सड़क से हटकर चल रही है।

डर के मारे वह पसीने–पसीने हो गये। चीख़ भी अब कण्ठ में घुट गयी थी। ज़ोर–ज़ोर से चिल्लाने का मन हो रहा था। अचानक झाड़ियों में हलचल हुई, कोई पतली–सी चीज़ सरसराती हुई उनकी तरफ़ बढ़ी चली आ रही थी... उसमें से बदबू का तेज़ झोंका आया, उन्हें मितली आयी। चारों तरफ़ कुछ छायाएँ मँडराती हुई लगीं। वे गोल–गोल घूमने

लगे... पैर में तेज़ झटका लगा, वह चीख़ मारकर गिर पड़े। किसी तरह घिसटते हुए रास्ता पार करना चाहते थे। अँधेरे में अचानक सैंकड़ों कीड़े रास्ते पर बिछ गये थे। वह जैसे–जैसे घिसटते, कीड़ों की देह से ख़ून निकलता... पच्च पच्च....उठना चाहते थे, परन्तु फिसलकर गिर पड़े। पूरी देह ख़ून से रंग गयी थी। कीड़ों की छुअन ने उन्हें अधमरा कर दिया था। किसी तरह उठने में सफलता पायी, ज़मीन पर पड़ी टॉर्च उठायी और उसकी रोशनी सड़क पर फेंकी। वहाँ कुछ भी नहीं था! तो अभी जो कीड़े और ख़ून उन्होंने देखे थे! उनकी साँसें बेक़ाबू हो आयीं और वह बेतहाशा दौड़ पड़े लेकिन कहाँ? उनके पैरों को जैसे किन्हीं मज़बूत हाथों ने ज़ोर से पकड़ लिया हो। फिर पीछे से वही अजीब–सी आवाज़ें, चीख़ें, गुर्राने की आवाज़ें, विलाप, तेज़ गुस्से में भरी गयी साँसें, अह्ह्ह्ह हूऊऊउ....ऊऊऊ

उन्हें लगा, हिम्मत जुटाकर ललकार देना चाहिए... 'कौन है? क्यों पीछा कर रहे हो ? क्या चाहिए? सामने आओ, मैं हड्डी–पसली तोड़कर एक कर दूँगा!'

उन्होंने निडर होने की असफल कोशिश की और उस छाया पर टॉर्च की रोशनी फेंकी। पर रोशनी में कुछ भी नज़र नहीं आ रहा था। अलबत्ता अँधेरे में ही हल्का डोलता हुआ–सा कुछ दिखायी दिया जो साथ–साथ हिलता–सा चला जा रहा था।

अब सुक्खम सिंह बुरी तरह डर गये। कोहरे की रात में डर की बिजली उनके दिल में कौंध गयी! बाप रे! भूत! अब क्या करें? अब तो कहीं जा भी नहीं सकते! उनके क़दम जहाँ थे, वहीं रुक गये! वहीं जड़ से हो गये! वह क़दम आगे बढ़ाना चाहते थे, मगर उन्हें लगा जैसे किसी ने उन्हें पकड़ लिया हो। वह चीख़ना चाहते थे, मगर उनकी ज़ुबाँ पर जैसे काठ मार गया! उन्हें सामने से गाँव की टिमटिमाती हुई मरियल बल्बों की रोशनी दिखने लगी थी। मगर डर के मारे मुँह से बोल न फूटे। दौड़ने के बजाय वह घिसटने लगे थे। सुक्खम सिंह को लगा जैसे छाया उनके ऊपर चढ़ गयी है और उसने उनका गला पकड़ लिया है! अब तक का याद किया गया हनुमान चालीसा का पाठ उनके ध्यान से उतर गया! सबकुछ भूल गये, जैसे–जैसे छाया पास आती जाती, उन्हें सारे ईश्वर याद आने लगे। वह घिसटते रहे, चलते रहे और जैसे–जैसे वह चले, वैसे–वैसे छाया उनके बगल में चलती रही! गाँव के नज़दीक आते ही सुक्खम सिंह के जैसे पंख लग गये, और उनके पैरों ने गति पकड़

ली, वह दौड़ने लगे और जैसे ही वह दौड़े, उस छाया ने आकर उनका रास्ता रोक दिया।

'कहाँ जा रहे हो?' छाया ने गुर्राते हुए पूछा। वह डर के मारे बेसुध होने लगे। छाया अब भी दूर ही थी। अँधेरा और घना हो गया था। उस अँधेरे में उन्हें जीवन का अँधेरा स्पष्ट दिख रहा था। जीने की आस छोड़ चुके थे, ऐसा लगा, उनकी छाती पर वह छाया आकर बैठ गयी है और उनके कानों में कुछ फुसफुसा रही है।

देह में करंट–सा लगा और वह ज़ोर से चिहुँके। ताक़त जुटाई और दहाड़े–'कौन हो, क्यों मुझे तंग कर रही हो, क्या चाहिए मुझसे...?'

एक स्त्री की आवाज़ गुर्रायी–'डरो मत, मैं तुम्हें मारने नहीं आयी हूँ, बात करने आयी हूँ, बहुत दुष्ट हो तुम। अपने पुरखों की जायदाद पर कुण्डली मारकर बैठ गये हो! तुमने अपने पुरखों का पिण्डदान नहीं किया है। कभी नहीं सोचा कि उन लोगों के लिए भी कुछ करना है! जिनकी ज़मीनों के दम पर ऐश कर रहे हो, वह लोग भटक रहे हैं! उनके बारे में सोचा है... कुछ किया है उनके लिए...'

सुक्खम सिंह को तेज़ झटका लगा।

छाया को ग़ौर से देखने और पहचानने की कोशिश करना चाहा। छाया का कोई चेहरा नहीं दिखा, वह मोटी, बेढब आकार की कोई लकीर–सी थी जो बोलते समय हिल–डुल रही थी। उन्होंने उसके पाँव देखने चाहे, वहाँ भी अँधेरा था।

ओह... तो ये भूत नहीं, कोई आत्मा है... सन्देश लेकर आयी है...

अब वह थोड़े तन गये और निडर दिखने की कोशिश करते हुए हाथ जोड़कर पूछा–

'तो बताया जाये, हम ऐसा क्या करें कि आप चली जायें। हमें सताना, डराना छोड़ दें।'

'पिण्डदान करके आओ। उसके बाद कोई तुम्हें परेशान नहीं करेगा। नहीं तो इस रास्ते से गुज़रना मुश्किल होगा तुम्हारा। बूझे... पइसा बचाता है ख़ाली, सारे ज़मीन–जायदाद पर बैठे हो। एगो पिण्डदान भी नहीं दे सकता। जा पिण्डदान करके आ... मुक्ति दे सबको...'

वह आवाज़ बोलते–बोलते गुर्राने लगी थी। छाया का आकार बड़ा होने लगा था। वह फैलने लगी थी, घने पेड़ों पर फैलती जा रही थी।

पक्का छोड़ देंगी हमारा पीछा... कुछ नुक़सान तो नही करेंगी...

सुक्खम सिंह की आवाज़ काँप रही थी।

'नहीं...'

तभी ज़ोर से आँधी–सी चलने लगी। तेज़ चलती हवा से आसपास खड़े पेड़ विचित्र तरीक़े से झूमने लगे थे और किसी जानवर के गुर्राने की आवाज़ और उसकी गन्ध हवा में भर गयी थी। हवा का शोर और पूरा माहौल इतना डरावना था कि सुक्खम सिंह के लिए देर तक तने रहना सम्भव न हो सका।

वह वहीं सड़क पर ही अचेत हो गये थे। जब होश आया तो वह घर के बाहर खटिया पर पड़े हुए थे और उनका हरवाहा मंगत उनके मुँह पर पानी के छींटे मारे जा रहा था।

'मैं यहाँ कैसे पहुँचा...?' सवाल पूछना चाह रहे थे पर घिघियाती–सी आवाज़ ही निकल पायी।

'हम का जानें साहब... आप जंगल के बीच से गुज़रती कच्ची सड़क पर बेहोश पड़े थे। आपके चारों ओर आपकी चप्पलों के निशानों से एक बड़ा–सा गोल घेरा बना हुआ था जैसे आप घिसटते हुए बस गोल–गोल घूमे जा रहे हों...'

इसका मतलब कि मैं चलता चला जा रहा था लेकिन वास्तव में बस गोल–गोल चक्कर ही काट रहा था और गाँव के क़रीब होने का भ्रम हुआ था मुझे! रात का पूरा मंज़र उनकी आँखों के सामने घूम गया। भय से उन्होंने आँखें मूँद लीं।

उस रात की इस घटना ने अगले ही दिन सुक्खन सिंह को गाँव छोड़ने पर मजबूर कर दिया। सपरिवार वह शहर जाकर बस गये। लगभग एक साल बाद वापसी हुई है और वह उसी छाया से मिलना चाहते हैं। उन्होंने छाया की बात सुनने के बाद गया नगर जाकर पिण्डदान करवाया। पिण्डदान कराते समय उन्हें अपने कानों में बार–बार वही आवाज़ सुनायी पड़ रही थी, मगर पुरोहित ने सुक्खम सिंह को भरोसा दिलाया कि सभी भटकती हुई आत्माएँ मुक्त हो गयी हैं। वे अब कभी नहीं मिलेंगी आपको। आप उस रास्ते से बेख़ौफ़ गुज़रें। पहले सब वहीं जमा थे। आप कभी अकेले मिले नहीं, एक रात अकेले पाकर आपको दबोच लिया। वे आपको मारने या नुक़सान पहुँचाने नहीं आयी थीं। वे अपना हक माँगने आयी थीं। वे तृप्त हो गयी हैं। पुरखों की आत्मा कभी नुक़सान नहीं पहुँचाती, डराती है बस, जाइए। आप भी भयमुक्त हुए। वहाँ अब कोई नहीं रहता।

आज सुक्खम सिंह उसी रास्ते पर खड़े होकर छाया को पुकार रहे थे, मगर कोई बोल नहीं रहा था, उनका मन हुआ एक बार अपने पिता को या बाबा को ही आवाज़ लगायें! मगर पलटकर कोई आवाज़ नहीं आयी। वह वापस लौटने को हुए कि अचानक कोई चीख़ लहराई। किसी दिशा से आयी और दूसरी दिशा की तरफ़ लौट गयी। पेड़ ज़ोर–ज़ोर से हिलने लगे। ज़रा–सा निर्भय हुए थे कि विपदा फिर आन पड़ी।

एक पल गँवाये बिना वह उलटे पैर सरपट स्टेशन की तरफ़ भागे। कोई चीख़ लगातार उनका पीछा कर रही थी। पेड़ों के साये और लम्बे होते जा रहे थे।

आत्माओं के एक शहर में

डरते–डरते सारिका आज फिर से क्लास रूम पहुँची। हालाँकि उसे जल्दी पहुँचना था, मगर आज फिर से देर हो गयी थी। एम.ए. में क्लास सुबह ही होती थी। सुबह–सुबह किसी से टकराकर गिर जाना और इतनी बुरी तरह से गिरना कि घुटना ही छिल जाये, यह सारिका के लिए थोड़ा सही नहीं था। मगर वह कौन था, जिससे टकराकर वह गिरी थी? उसे लगा कोई दूधिया होगा, जिसका दूध का डिब्बा उसकी बाजू से टकरा गया होगा और वह इतनी बुरी तरह से गिरी। मगर जब उसने उठकर देखा तो कोई नहीं था, अगर कोई नहीं था, तो वह टकराई किससे? बार–बार इधर–उधर देखने पर भी उसे कोई नज़र नहीं आया।

'ऐसा लगा जैसे किसी भूत ने ही टक्कर मारी हो?' उसने कॉलेज में अपनी साइकिल खड़ी करते हुए कहा।

'भूत?' महुआ चौंकी!

महुआ उसके घर के पास से ही आती थी, मगर वह काफ़ी देर से उसका इन्तज़ार कर रही थी। आज सारिका बहुत देरी से पहुँची थी।

छोटा–सा शहर, जिसमें एक कोने से दूसरे कोने तक पहुँचने में बहुत ज़्यादा समय नहीं लगता, उस शहर में यह कॉलेज दूसरे कोने पर था। रिक्शे के बजाय ये दोनों लड़कियाँ साइकिल से जाती थीं। दोनों ही घनी झाड़ियाँ पार करके जाती थीं। इन घनी झाड़ियों में बेर की झाड़ियाँ थीं, जंगली फूल भी थे और साथ ही थे कई क़िस्से–कहानियाँ। यह रास्ता छोटा पड़ता था पर रिक्शेवाला कई कहानियाँ सुनाते हुए कभी इस रास्ते से नहीं ले जाता था। सारिका को आज भी याद है कि एक बार उसकी ज़िद के कारण जब रिक्शावाला उधर से निकला था तो कैसे उसका रिक्शा डगमगा गया था। मगर सारिका को यह भी याद है कि उसका रिक्शा पत्थरों के कारण डगमगाया था, पर रिक्शेवाला तो 'भूत भूत...' कहकर

उन दोनों को उधर अकेला छोड़कर ही भाग गया था।

महुआ और सारिका, उन झाड़ियों पर गिर गयी थीं और दोनों को ही बहुत चोट लगी थी। झाड़ियों पर लगे हुए मकड़ी के जाले उन दोनों के शरीर पर चिपक गये थे और दोनों ही न जाने कैसे–कैसे उठी थीं और स्कर्ट झाड़कर घर पर पहुँची थीं। उस बड़े मैदान के एक तरफ़ चर्च था और दूसरी तरफ़ पत्थरों और झाड़ियों का संसार। महुआ और सारिका दोनों को लगा जैसे उनके पीछे कोई आ रहा है। दोनों ही उस समय कक्षा ग्यारह में थीं और इस तरह सरपट भागी थीं कि घर पर ही जाकर रुकी थीं। मगर था कौन उनके पीछे? उस मैदान में किसका राज था? क्यों लोग इस मैदान में जाते नहीं थे? और क्यों लोग बार–बार उस जगह को भूतों का मैदान कहते थे। कहने–भर को मैदान था, वहाँ आम और इमली के पेड़ भी ख़ूब थे और महुआ और सारिका दोनों का ही मन होता कि वे उन पेड़ों की कलमी अमिया खायें, मगर यहाँ आना निरापद नहीं था और अगर वे लोग इधर से आने का सोचती भी थीं, तो घरवालों की डाँट और मार के डर के चलते यहाँ आना दोनों ही लड़कियों के लिए कठिन हो जाता था।

मगर एक दिन सारिका के हाथ मौक़ा लग ही गया था। अकेले ही वह पहुँच गयी थी अमिया बीनने! यह छोटा–सा शहर, तमाम क़िस्से–कहानियों का शहर था। जनसंख्या बहुत कम थी। रोज़गार की तलाश में जो एक बार बड़े शहर जाता, फिर यहाँ न आता। धीरे–धीरे यह शहर भटकती हुई आत्माओं का शहर बन गया था। कहते हैं कि रेल गुज़रती तो आत्माएँ वहीं से ट्रेन पर लटक जाती हैं। एक–दो विचित्र क़िस्म की घटनाएँ हुईं तो उनके अनगिनत क़िस्से बन गये।

ऐसा ही एक मैदान था यह भी, क़िस्सों से भरा हुआ। डरावना और ख़ौफ़नाक। न जाने कितने लोग ऐसा कहते थे कि यहाँ पर दोपहर में कुछ होता है और फिर रात को भी!

'महुआ, हम शाम को चला करेंगे!' सारिका ने एक दिन कहा था।

मगर उधर से गुज़रने पर महुआ को एक बार जो संटियाँ पड़ीं, वो उस दिन से इस रास्ते न गयी! शहर का यह हिस्सा रेलवे की पटरियों से होकर गुज़रता था। पटरियों के आसपास भी ढेरों आम के पेड़ लगे थे।

रेलवे की ज़मीन पर और तो किसी का नहीं मगर बेशर्म की झाड़ियों का अतिक्रमण ज़रूर हो गया था। बाउंड्री सेट नहीं थी और कहीं से कोई

भी आ जाता था, न जाने कितने ढोर–डंगर इन पटरियों का शिकार हो गये थे। आम चुनने आये बच्चे अचानक आती ट्रेन का शिकार हो जाते। रात को यहाँ पर अजीबोगरीब आवाज़ें सुनायी पड़ती थीं। जो रात को इस मैदान में आया, कहते हैं, दिमाग़ गँवा कर ही जाता था। कई बार बाउंड्री बनाने की कोशिश की गयी, मगर इस मैदान की बाउंड्री न बन पायी और आसपास के लोगों को रात में कभी किसी बच्ची के रोने की आवाज़ सुनायी देती तो कभी ट्रेन के हॉर्न के साथ किसी कुत्ते के रोने की आवाज़ आती। कभी–कभी तो लोगों को अपना घर ही हिलता हुआ महसूस होता। कभी–कभी रात को दरवाज़े पर तेज़ दस्तक होती और खोलने पर कोई नज़र नहीं आता।

और फिर धीरे–धीरे जितने भी लोग बच गये थे, वे भी जाने की सोचने लगते।

महुआ और सारिका दोनों ही इस शहर की ऐसी लड़कियाँ थीं, जिन्हें एक दिन शादी के बाद चले ही जाना है, तो सुरक्षित विषय लेकर पढ़ते ही रहो!

सारिका और महुआ ने बी.ए. कर लिया था और पटना में काम करने वाले उन दोनों के ही पिता उन दोनों के लिए लड़का खोज रहे थे। उन दोनों के लिए ही साइकिल आ गयी थी और दोनों ही एम.ए. कर रही थीं। यह एम.ए. का पहला साल था, जब सारिका उस मैदान में भरी दोपहरी चली गयी थी।

बेर की झाड़ियाँ सूखी पड़ी थीं, उनमें चींटियों की बांबियाँ बनी हुई थीं। इधर–उधर से उड़कर आया कूड़ा भी उनमें अटका हुआ था।

सारिका को एक जगह कुत्ते के छोटे–छोटे पिल्ले दिखायी दिये। सारिका अपनी साइकिल वहीं छोड़कर उनके पीछे–पीछे भागी। जब वह बड़े मैदान के बीचोबीच पहुँची, तब उसने पिल्लों को ध्यान से देखा।

वे पिल्ले बहुत अजीब थे, किसी के चेहरे का कुछ सलामत नहीं था, तो किसी की टाँग! वहाँ पर ढेर सारे कुत्ते भी थे, जिनमें से किसी का पेट ग़ायब था, तो किसी की पूँछ!

सारिका को डर लगने लगा था और उसने ज़ोर–ज़ोर से मन्त्रों का जाप शुरू कर दिया था। मन्त्र–जाप का असर कितना हुआ उसे नहीं पता। उसके कानों को छोटी बच्ची की रुलाई भी सुनायी देने लगी थी। उसने आँखें उठाकर देखा, तो वहाँ कोई नहीं था। अभी सामने दिख रहे

कुत्ते और पिल्ले सब ग़ायब थे। उसको कुछ समझ नहीं आ रहा था। सारिका के चेहरे पर पसीना था और उसकी धड़कन बहुत तेज़ हो गयी थी। वह धीरे–धीरे पीछे की तरफ़ क़दम रखने ही लगी थी कि एकदम से उसके कानों में फुसफुसाहट की आवाज़ आयी! हवाओं में कुत्तों का रुदन धीरे–धीरे बढ़ने लगा था। जून की तपती हुई दोपहरी में वह ठण्डी पड़ती जा रही थी। सारिका को पता होता तो वह यहाँ आती ही नहीं! बार–बार उसकी चुन्नी का अपने–आप उड़ना और आँखों के सामने अँधेरा छा जाना, सारिका को और डरा रहा था। अचानक तेज़ हवा चली और आसपास खड़े आम के पेड़ मतवाले हाथी की तरह झूमने लगे। भरी दोपहरी में अचानक से सूरज की रोशनी गुम हो गयी और अँधेरा छा गया। सारिका ने देखा कि सभी पिल्ले उसकी ओर बढ़ रहे हैं। उनकी आँखों से जैसे लपटें उठ रही थीं और अपने दाँतों को बाहर निकाल वे गुर्राते हुए उसकी ओर बढ़े आ रहे थे। उन्हें अपनी ओर आता देख सारिका ने भागना चाहा तो लगा कि किसी ने उसका पैर मज़बूती से जकड़ लिया हो। घबराहट से पसीना–पसीना होते हुए सारिका ने नीचे देखा तो एक पाँच–छह साल की छोटी बच्ची जिसका चेहरा कन्धे तक झूल रहे बेतरतीब बालों से ढँका हुआ था, उसका पैर जकड़े बैठी थी।

'कौन हो तुम?' बड़ी मुश्किल से सारिका चिल्लायी।

उसकी चीख़ सुनकर उस बच्ची ने अपना चेहरा ऊपर किया और अपनी टेढ़ी–मेढ़ी उँगलियों से बाल चेहरे से हटाये। उसके चेहरे पर आँख–नाक–कान कुछ भी नहीं था। उनकी जगह पर बस गड्ढे ही दिखायी दे रहे थे। चीख़ती हुई सारिका भागी। थोड़ी देर बाद उसने पीछे मुड़कर देखा कि वह बच्ची भी रेंगती हुई उसके पीछे आ रही है। सारिका को पता नहीं चल रहा था कि उसके साथ क्या–क्या हो सकता है, वह यहाँ से भागकर कभी वापस जा भी पायेगी उसने इसकी भी उम्मीद छोड़ दी थी। उसे क़तई भी होश नहीं था कि वह कैसे घर पहुँची और कैसे वह बिस्तर तक आयी! उसे तब होश आया जब उसकी माँ ने उस पर बर्फ़ की पट्टी रखी! आँगन में रात पसर आयी थी और आँगन की तरफ़ देखते हुए वह काँप भी रही थी। उसके कानों में माँ की आवाज़ पड़ी–

'क्या हुआ है? कहाँ गयी थीं तुम? जब से आयी हो तब से न ही तुम्हें होश है और न ही तुम्हारे मुँह से आवाज़ आ रही है! वह तो अभी देखा कि तुम तप रही हो!'

सारिका के कानों में अभी तक बच्ची के रोने की आवाज़ और उसका चेहरा घूम रहा था। सारिका ने अपनी आँखें बन्द कर लीं! जब उसकी आँखें खुलीं तो उसके मुँह से फिर चीख़ निकल गयी, माँ की जगह पर वही छोटी बच्ची उसके सर पर पट्टी रख रही थी। उसके हाथों की सभी उँगलियाँ उलटी थीं, रूखे भूरे बाल फैले हुए थे और वह अपना चेहरा ऊपर उठाये थी जिस पर सिर्फ़ गड्ढे थे। उसने कपड़े भी नहीं पहन रखे थे और उसके पूरे शरीर से ख़ून टपक रहा था।

सारिका ने आँगन की तरफ़ देखा, आँगन में वही कुत्ते शोर मचा रहे थे और उसके कमरे में उस बच्ची को छोड़कर कोई नहीं था।

सारिका के मुँह से आवाज़ नहीं निकली! सारिका चीख़ना चाहती थी, मगर उसे ऐसा लग रहा था कि किसी ने उसका गला कस के पकड़ रखा हो।

उसकी आँखों को कुछ भी दिखायी देना बन्द हो गया था और वह केवल वहाँ से भागने का सोच रही थी। उसने अचानक से अपने शरीर से चादर हटाई और जैसे ही नीचे क़दम रखा, गिर पड़ी! उसके पैरों के नीचे से ज़मीन ग़ायब थी, केवल ट्रेन की पटरी के किनारे पड़े पत्थर थे। सारिका के मुँह से एक तेज़ चीख़ निकल गयी!

'क्या हुआ?' एकदम से सभी दौड़कर आये!

'वो, वो...!' सारिका की आवाज़ लड़खड़ायी।

'वो, वो क्या?' उसकी माँ के मुँह से निकला।

'मैं शाम से इसके माथे पर पट्टी रख रही हूँ, ये लड़की नहीं बोली और अब चीख़ी, जब मैं यहाँ से हटी! एक तो न जाने कहाँ से ये बुख़ार ले आयी है, हम इस बुख़ार से दुखी और ये लड़की...'

माँ चीख़ती जा रही थीं, सारिका को ज़रा भी समझ नहीं आ रहा था कि क्या करे? और आश्चर्य की बात तो यह कि उसके अलावा किसी को भी वह बच्ची नज़र नहीं आ रही थी और न ही किसी को उन कुत्तों की आवाज़ सुनायी दे रही थी। सारिका चीख़ती जा रही थी, उसकी चीख़ का असर कहीं नहीं हो रहा था। सारिका को समझ नहीं आ रहा था कि उसके एकदम बगल में रेंगती हुई वह बच्ची आख़िर उसकी माँ को दिखायी क्यों नहीं दे रही है?

उस रात उसकी माँ ने पट्टी वग़ैरह रखकर उसका बुख़ार तो ठीक कर दिया। मगर वह बच्ची सारिका के साथ ही बनी रही। कभी उसकी क्लास में रेंगती हुई आ जाती, कभी उसके कमरे में।

सारिका उस दिन के बाद सारिका नहीं रही!

उसके मन में अजीब–सा डर बन गया। वह चीख़ती तो उसकी चीख़ घर में किसी के पास न जाती, वह बच्ची उसके सिवाय किसी को न दिखती! सारिका अजीब से माहौल में रहने लगी थी।

वह जैसी बैठी होती, वैसी ही उठकर कहीं भी चल देती! वह कुएँ की मुँडेर पर चलने लगती। बार–बार पेड़ पर चढ़ जाती। कभी चाकू उठा लाती! कभी बालों को बिखराकर बैठ जाती।

घरवाले उसकी यह हालत देखकर बहुत परेशान थे और डॉक्टर को दिखाकर और दवाई दिलाकर उसे सही करने की कोशिश कर रहे थे। मगर सारिका की हालत सुधरने के बजाय बिगड़ती ही जा रही थी।

एक दिन सारिका ने साइकिल उठा ली और उस मैदान की तरफ़ चल पड़ी। दोपहर में वहाँ जाकर बैठ गयी और बस देखती रही, सामने! उसकी पलकों ने जैसे झपकना बन्द कर दिया था। फिर उसे लगा जैसे उसे किसी ने टक्कर मारी और वह चौंककर उठी, उसने देखा वह अपनी साइकिल से नीचे गिरी पड़ी है।

उसका मन अपनी देह से अलग हुआ जा रहा था और इस खींचतान से वह बहुत परेशान थी। उसका मन बहुत कुछ सोचता जा रहा था और बहुत कुछ छोड़ता जा रहा था। वह कॉलेज जाना चाहती थी। उसने साइकिल उठाई तो उसे लगा जैसे उसकी सीट पर वही नंगी बच्ची बैठी है, उसने पीछे देखा, उसे कोई नहीं दिखा। मगर उसे अपनी साइकिल पर कुछ बोझ–सा लग रहा था और अपनी कमर से लिपटी उसकी टेढ़ी उँगलियाँ। वह पागलों की तरह साइकिल भगाती जा रही थी। पसीने से लथपथ सारिका की साइकिल जैसे ही कॉलेज के गेट पर पहुँची, उसकी जान में जान आयी! उसने भागकर कॉलेज में पीछे की तरफ़ साइकिल खड़ी की और महुआ की तरफ़ गयी, जो उसका ही इन्तज़ार कर रही थी।

'ओहो, तो अब आयी हैं, महारानी, अपना प्रवेश–पत्र नहीं लेना था?' महुआ ने हल्की नाराज़गी के साथ कहा। सारिका ने उसकी तरफ़ देखा और अपने पीछे इशारा किया। महुआ की समझ में कुछ भी नहीं आया!

'तेरे पीछे क्या है? क्या इशारा कर रही है?' महुआ ने उससे पूछा!

महुआ की नज़र उसके पीले पड़ते हुए चेहरे पर गयी! जैसे वह बहुत ज़्यादा डर रही हो!

'क्या हुआ? और तेरे यह चोट कैसे लगी है?' महुआ ने उसका हाथ देखते हुए पूछा।

'कुछ नहीं, अभी गिर पड़ी थी। मैं उस मैदान से आ रही थी, ऐसा लगा जैसे किसी ने धक्का दे दिया और मैं गिर पड़ी!' सारिका ने जवाब दिया।

कॉलेज का विशाल प्रांगण पार करके जब वे लाइब्रेरी पहुँचीं, तो वहाँ पर लम्बी लाइन लगी हुई थी। महुआ ने अपने आगे खड़ी सुनीता को बोल दिया कि वह उसके पीछे है और फिर वे दोनों वहीं बगल में बेंच पर बैठ गयीं। सारिका को अपने हाथों पर महुआ का स्पर्श महसूस हुआ। उसने एकदम से उसकी तरफ़ देखा। महुआ ने उससे पूछा 'तुम्हें क्या हुआ है? आख़िर तुम ऐसी क्यों हो गयी हो?'

'मुझे नहीं पता महुआ? मुझे नहीं पता कि मेरे साथ क्या हो रहा है? कभी मन होता है कि बरसात में भीगूँ और कभी लगता है कि ज़ोर–ज़ोर से भागूँ! ऐसा लगता है जैसे मेरे साथ हर समय कोई है?'

'कोई है माने?' महुआ चौंकी!

'माने, कोई हर समय मेरे साथ–साथ है!'

'मगर कौन और क्यों?' महुआ की बड़ी–बड़ी आँखें फैल गयीं।

सारिका उस दोपहर की सारी बात बताने लगी, मगर जैसे ही उसने उस बच्ची के बारे में कहना शुरू किया, तभी अचानक से हवा बहुत तेज़ बहने लगी और उस हवा से बीच के मैदान की धूल सारिका की आँखों में आ गयी। जब धूल थमी तो वह चीख़ पड़ी। महुआ ग़ायब थी और वह उसी रेल की पटरी पर बैठी थी और सामने से ट्रेन चली आ रही थी। तभी वह बच्ची रेंगती हुई वहाँ आयी और उसने सारिका को धक्का दे नीचे गिरा दिया। सारिका किसी तरह से गिरती–पड़ती वहाँ से भागी। उसके पीछे–पीछे आ रही थी वही बच्ची, रेंगती हुई एकदम किसी तेज़ लहराते हुए साँप–सी। उसकी आँखों की जगह बने गड्ढों में मशालें दहक रही थीं।

'सारिका! सारिका!' उसने कोई पुकार सुनी।

'सारिका रुको, तुम्हारा प्रवेश–पत्र खिड़की पर है आओ!' महुआ आवाज़ लगा रही थी, अगर महुआ वहाँ थी तो उसके साथ कौन था?

सारिका के माथे पर पसीना आ गया! बीती हुई बातों को ध्यान कर वह फिर से सिहर गयी! वह कहाँ है, क्या सच और क्या झूठ, उसकी समझ में कुछ भी नहीं आ रहा था।

अगर वह अपने कॉलेज में है तो वह बच्ची सारिका के पैरों के पास बैठी उसकी तरफ़ क्यों देख रही है? क्या वह कुछ कहना चाहती है? मगर वह कुछ बोलती तो है नहीं! उसने सोचा महुआ से बात करने का! मगर उसे कैसे पता होगा कि कौन है! वह धीरे–धीरे लाइब्रेरी की तरफ़ बढ़ने लगी। जब वह खिड़की पर पहुँची तो कमरे के अन्दर फिर से वही बच्ची दिखने लगी, वह किताबों से भरी एक मेज़ पर अपने पूरे बाल आगे किये बैठी थी। उसने अपनी टेढ़ी उँगलियाँ उसकी तरफ़ कर अपने पास आने का संकेत दिया और उसके हाथों में प्रवेश–पत्र थमा दिया।

सारिका बहुत ही अजीब स्थिति में थी, आख़िर वह क्या करे? किससे अपने मन की बात कहे! किससे कहे कि उसके साथ क्या हो रहा है? वह किस भँवर से गुज़र रही है? महुआ उसे बुलाती रह गयी, मगर उसके मुँह से आवाज़ नहीं निकली। वह बच्ची उसका हाथ पकड़े थी। क्या कोई हाथ इतना ठण्डा हो सकता है? और वह बच्ची हमेशा नंगी क्यों रहती है और उसका चेहरा क्यों नहीं है? उस बच्ची की अनकही बात उसे सुननी ही होगी? सारिका मन–ही–मन बहुत कुछ सोच रही थी। उसकी साइकिल पर वह पहले से बैठी थी। सारिका ने अपना प्रवेश–पत्र अपने बैग में रखा और फटाफट पैडल मारने लगी। आज भी उसी मैदान से निकलेगी वह!

उस आत्माओं के शहर में ज़िन्दा लोगों के साथ मृत–आत्माएँ भी इसी तरह भटक रही थीं। सारिका का मन कई सारे तार जोड़ रहा था। न जाने कितने जानवर ट्रेन से गुज़रने वाली पटरियों का शिकार बनते हैं, और यह बच्ची? क्या कोई बच्ची भी शिकार हुई थी? सच में क्या हुआ होगा? सारिका जितनी तेज़ी से पैडल मार सकती थी उतनी तेज़ी से पैडल मारती जा रही थी, उसकी साँसें फूलने लगी थीं, मगर उसने साइकिल नहीं रोकी! पहली बार जहाँ पर वह उस लड़की से मिली थी, उसने वहीं जाकर साइकिल रोकी! बच्ची वहीं बैठी–बैठी रो रही थी! सारिका को लगा जैसे सैकड़ों सियार रो रहे हैं और उसके कन्धे पर कोई हाथ रख रहा है! सारिका को काटो तो ख़ून नहीं! कौन है, कौन है? मन में सोचते हुए जैसे ही उसने अपना सिर पीछे किया, उसके कन्धे पर कुछ गिरा! सारिका की चीख़ निकल गयी, मगर वह केवल आम थे! दो आम हवा के साथ उसके कन्धे पर गिर पड़े थे। सारिका की साँसें धौंकनी की तरह चल रही थीं? आख़िर वह बच्ची किस घर की रही होगी? क्या वह इस बात का पता लगाये या वह चुपचाप अपने घर चली जाये? मगर यदि वह इसी

तरह अपने घर चली जायेगी तो क्या होगा? वह बच्ची उसके पीछे–पीछे भागेगी? अब वह भी इस शहर की तरह आत्माओं के साथ शापित हो चुकी है। क्या करे वह? क्या वह इस शाप को अपने साथ लेकर ही चले या अपने शाप को झाड़ दे? क्या वह ओझा को बताये? माँ से बात करे? जैसे ही उसने ओझा और माँ की बात सोची, उसे ऐसा लगा जैसे उसके चेहरे पर किसी ने बहुत तेज़ थप्पड़ मारा! उसके बाद सारिका को कुछ होश नहीं कि उसके साथ क्या हुआ? उसकी आँख खुली जब किसी ने उसके चेहरे पर पानी के छींटे मारे! उसके मुँह से आवाज़ नहीं निकल रही थी, उसकी आँखों में जैसे बचपना उतर आया था और वह अस्फुट और अस्पष्ट बोल रही थी जैसे कोई अबोध बच्ची! वह तुतला रही थी जिसकी भाषा अबूझ, अस्पष्ट थी।

सारिका की माँ रो रही थी। उसके पापा को फ़ोन कर दिया गया था, सारिका एकदम छोटी बच्ची बन गयी थी और वह अपने पैरों पर हाथ फेर रही थी। सारिका की माँ अपना सिर पकड़े बैठी थीं।

'अरे, कोई ओझा को बुलाय लाओ! सारिका को कौन्हू भूत पकड़ लिहिस है!'

सारिका बार–बार अपना अँगूठा अपने मुँह में लगाकर चूस रही थी। दूसरे मुहल्ले की एक काकी को सारिका की माँ ने फ़ोन कर बुलाया था। वह तन्त्र–मन्त्र जानती थी। वह उसकी माँ के साथ बैठ सारिका के माथे पर हाथ फेरती कुछ मन्त्र पढ़ रही थीं। फिर उन्होंने उसकी माँ के कानों में कुछ कहा। माँ की आँखों में ख़ुशी चमकी।

'सच दीदी! क्या ऐसा हो सकता है?'

'हाँ! तुम करो तो!'

माँ के बाहर जाते ही सारिका की आँखें भक्क से खुलीं, एकदम लाल आँखें। सारिका की माँ भभूत लेने के लिए मन्दिर के लिए निकल गयीं। सारिका का चेहरा भय से पीला पड़ा हुआ था। वह काँप रही थी। जैसे तेज़ ज्वर में देह काँपती है। उसने भयभीत और काँपती निगाहों से काकी की तरफ़ देखा।

उसने जो देखा उससे उसकी आँखें फटी की फटी रह गयीं। काकी हँस रही थीं और उस बच्ची के होंठों की जगह पर बने गड्ढे से गों–गों की आवाज़ आ रही थी जैसे ज़ोर से खिलखिला रही हो। तो वह बच्ची काकी को दिखायी दे रही है। किसी और को क्यों नहीं दिखती। काकी

ने माँ को बताया क्यों नहीं... ये सब सोचते–सोचते उसका माथा सुन्न हो गया। तो क्या काकी आत्माओं को ढोती हैं... लेकिन क्यों... क्या बिगाड़ा उसने... क्या माँ से हुई लड़ाई का बदला मुझसे...?

वह गुस्से और दुख से फट पड़ी–

'ओह काकी, आप! आप!' सारिका के मुँह से निकला और फिर से उसकी अपनी आवाज़ डूबती चली गयी, अपने भीतर से उसने कोई और आवाज़ सुनी, जो तुतला रही थी–

'छालिका दीदी, अब हम औल आप इकट्ठे रहेंगे, इछी छलील में!'

'माँ, मैं वापछ आ गयी तेले पास, अब तुझे छोलकर कभी नहीं जाऊँगी।'

काकी ज़ोर से हँसी और उसने सारिका के सिर पर हाथ फेरा। अचानक सारिका को दिखी एक तेज़ भागती ट्रेन और पटरी पर अमिया चुन रही एक पाँच साल की बच्ची और कुछ ही पलों में सब तरफ़ ख़ून ही ख़ून!

काकी को अपनी जुगनू वापस मिल गयी थी।

सारिका का शरीर फिर से एक तरफ़ झूल गया!

उसका सपनों में आना–जाना है

दूसरों को हँसाने वाला पॉल बहुत ख़ुश था, उस शाम के शो की सफलता उसके दिमाग़ में बिजली की तरह कौंध रही थी। सब कुछ कितना शानदार था। उसका परफॉर्मेंस और उस पर इतनी तालियाँ, ओह, कितना नशा है! तालियों का नशा हर नशे से बढ़कर है! कितना जादुई एहसास है और पॉल उस नशीले एहसास में डूबता रहता है, वह है ही इतना पर्फ़ेक्ट!

'ओह, गॉड! हाउ कैन एनीबडी बी सो पर्फ़ेक्ट? यू आर सो पार्शिअल फॉर मी!'

पॉल ने मुग्ध भाव से ख़ुद से बात करते हुए जैसे ईश्वरीय सत्ता को चुनौती दी।

अपने घर जाते हुए उसके पैर ज़मीन पर नहीं थे, और होने भी नहीं चाहिए थे। बड़े खुले–खुले घर में उसके बहुत ही खुले–खुले सपने थे और ये सपने उसकी ज़िन्दगी में इस तरह शामिल थे कि वह बार–बार उनकी गिरफ़्त में आता रहता था।

मुट्ठी में भरता वह सपना, फिर अपने शो की कल्पना करता और फिर अपने बड़े से आँगन में उछाल देता उन सपनों को और उछल कर पकड़ लेता। शहर की नमकीन हवा और नमकीन बादल सब उसके साथ हँसने लगते। पॉल को लगता जैसे वह अकेला नहीं है। उसके साथ कोई है, मगर यह कोई कौन है? वह हँसी में उड़ा देता! स्टैंडिंग कॉमेडियन पॉल, मदमस्त पॉल, अपने हिस्से की अलमस्त हवाओं को जीने वाला पॉल, उसके पैरों की सीमा नहीं है, तभी तो चला आता है बागा बीच के पास एक रेस्टोरेंट में शो करने के लिए। और उसका बड़ा खुला–खुला घर कहीं तीन किलोमीटर पीछे छूट जाता है। घर लॉक करते हुए वह रोज़ कहता है–'घर, ज़रा शाम को हँसी के गुब्बारे बाँट कर आता हूँ...' और

मानो घर उसे सिर हिलाकर जाने की इजाज़त दे देता! ऐसे ही पॉल की रातें और दिन गुज़र रहे थे। वह हर रात नशे का तड़का अपनी ज़िन्दगी में लगाता और चल पड़ता! पर कभी–कभी उसे अकेलापन लगता, वह सोचता कभी–न–कभी, कहीं–न–कहीं, कोई–न–कोई तो आयेगा! वह रात में बार से लौटते समय कहीं–न–कहीं ख़ुद को उलझा लेता है, ख़ुद को उलझाने की सीमा होती है क्या? कभी–कभी उसे एक लड़के की हँसी सुनाई देती है! आज की रात न जाने उसकी हँसी में घुँघरू उलझ गये थे या कुछ आवाज़ ही अजीब थी। वह उस अजीब आवाज़ के साये से कहीं–न–कहीं टकरा रहा था, उसके टकराने की गति बहुत ही तेज़ थी। उसे ऐसा लगा जैसे कोई उसके साथ आ रहा है, कोई तो है, जो इस नशे में अपना नशा घोल रहा था! पॉल स्ट्रॉन्ग बियर का नशा हल्का नहीं करना चाहता था। मगर वह जानता था कि हवा के परदे के पीछे से कोई झाँक रहा है! अपने बड़े से घर के छोटे से कमरे में जाकर वह सो गया! पॉल को रात के इस प्रहर की नींद बहुत पसन्द थी। जब सोता है तो बहुत देर से उठता है। समन्दर के किनारे उसका घर, समन्दर की बातें करता है, उसके कानों में कई बार उसकी आवाज़ें गूँजती हैं, वह उन आवाज़ों में खो जाता है और उन्हें ही संगीत समझ कर सो जाता है।

उस रात भी वह सोया! गहरी नींद, अपने सपनों की नींद। रात के दो बजे थे। उसकी नींद से कोई सपना टकरा रहा था! पॉल, कभी सोता, कभी जागता, कभी उठ जाता, कभी सो जाता, आँखें खुली रखता और सोया भी था। उसकी धड़कन बहुत ही तेज़ी से बढ़ रही थी। सपने में उसे एक लड़का इन्तज़ार करता हुआ मिला!

एक दस–बारह साल का लड़का!

'हेय दोस्त, तुम यहाँ कैसे बैठे हो?' पॉल ने उसके चेहरे को ऊपर उठाते हुए पूछा!

जैसे ही उसने उस लड़के का चेहरा ऊपर उठाया, डर के कारण उसकी चीख़ निकल गयी। अजीब चेहरा, रूखे–सूखे बाल और फूला हुआ सिर, जैसे सिर पर चोट लगी हो। अजीब ढंग से फूला हुआ, टेढ़ा–मेढ़ा सिर।

लड़का रूलिंग चेयर पर बैठा हिल रहा है, चुपचाप, कुछ बोल नहीं रहा।

'सुनो, कौन हो तुम?' पॉल ने फिर उससे पूछा!

पॉल के सपने पर जैसे लगाम लग गयी। उसका सपना वहाँ से आगे नहीं बढ़ पा रहा था, वह चाहता था कि सपना आगे बढ़े और वह सपने से बाहर आये। मगर सपना वहीं पर रुका था। पॉल की साँसें चढ़ रही थीं, जैसे–जैसे घड़ी की सुइयाँ आगे बढ़ रही थीं, वैसे–वैसे उस पुर्तगाली घर में एक कोने पर पड़ा हुआ पॉल एक पत्ते की तरह काँप रहा था। सपने ने उसकी बाँह पकड़ ली थी और वह बच्चा उसके सामने था। पॉल परेशान था, उसका मन हुआ आँखों के परदे फाड़े और निकल आये, आँखों में भयानक दर्द होने लगा था, जैसे कोई है, जो उसकी आँखों को बन्द किये है और वह वापस आना चाहता है। पॉल ने एक बार फिर पूछा–

'दोस्त, क्या नाम है तुम्हारा, तुम क्यों बैठे हो?'

उस लड़के ने उसे नहीं देखा। वह नीचे सिर किये हुए बैठा रहा! उसके फूले हुए सिर से बाल नीचे लटक रहे थे, उन बालों से कुछ टपक रहा था, उसे नहीं समझ आया कि वह क्या है? उसके हाथों पर कोई बूँद पड़ी। जलन के कारण वह उछल कर एकदम से सपने से बाहर आ गया!

पसीना–पसीना पॉल अपने कमरे में अकेला सो रहा था। नशा उतर गया था और उसके सामने केवल वही फूला हुआ सिर घूम रहा था।

पॉल ने फ्रिज से पानी लिया और फिर आसमान के नीचे बैठ गया। सुबह के चार बजने वाले थे। हालाँकि रोज़ यह समय उसके सोने का होता है, मगर आज वह सो नहीं सका! आज उसकी आँखें डेविड से भरी थीं।

हाँ डेविड! यही नाम बताया था न उसने फुसफुसाते हुए! पॉल, जिसे अपना कोई सपना नहीं याद रहता, पॉल जो घोड़े बेचकर सोता था, आख़िर वह इतना परेशान कैसे हो गया कि वह सो भी नहीं पा रहा था। डेविड उसके ख़यालों में बस गया था। उसने आसमान की तरफ़ देखा, बादलों ने आज तारों के लिए आसमान ख़ाली कर दिया था। सितारे समन्दर में उतर रहे थे, तैर रहे थे। उसने अपनी जैकेट उठायी और समन्दर की तरफ़ चल पड़ा!

सुबह उसकी आँख खुली तो वह बीच पर था! वह बीच पर कैसे आया? उसने अपने दिमाग़ पर काफ़ी ज़ोर डाला, मगर उसे ध्यान नहीं आया! उसने अपने दिमाग़ पर ज़्यादा ज़ोर नहीं दिया क्योंकि उसके सिर में भयानक दर्द होने लगा था। वह चुपचाप घर चला आया!

घर पर आकर आज उसे थोड़ा अजीब लगा! उसे ऐसा लग रहा था जैसे और कोई भी है, जो उसके अहाते में है। कुछ अदृश्य–सा था।

जैसे ही वह आँखें बन्द करे, उसे वह लड़का नज़र आये। पॉल जो हमेशा मस्तमौला रहा करता था और डर को चुटकियों में भगा दिया करता था, अब डर रहा था। उसे नहीं पता था उसके साथ आगे क्या होने वाला था। नहाकर वह फिर से सो गया। कमरे में उसके अलावा कोई नहीं था। दोपहर होते ही वह निकल पड़ा था शो के लिए। मगर आज उसे बहुत अजीब–सा लग रहा था जैसे गले में कुछ फाँस–सी चुभ गयी हो। उसे बार–बार लग रहा था कि गले में कैक्टस उग गया है। न जाने वह कॉमेडी कर भी पायेगा या नहीं? वह ठिठक गया। रास्ते में भी उसे मज़ा नहीं आया अकेले, उसने लिफ्ट ले ली, नहीं तो वह पैदल ही तीन किलोमीटर तक चला जाता था। जब वह अपने रेस्तराँ में बैठा, तो उसे लगा जैसे उसके ऊपर एक काला छत्ता–सा घिर आया है। उसे डर लगा। उसे लगा जैसे उसमें से अभी कुछ गीला–सा टपकेगा। उसने तेज़ी से अपना हाथ झटक दिया।

'क्या हुआ है तुम्हें?' पीछे से कोई आवाज़ आयी। इससे उसकी तन्द्रा टूटी।

उसने देखा पीछे से नीना चली आ रही थी। नीना, उसके साथ ही काम करती थी, उसके साथ ही लोगों को हँसाती थी। 'अगर आज तुम्हारी तबीयत ठीक नहीं है तो शो हम दोनों मिलकर कर लेंगे!' नीना ने उसका कन्धा दबाते हुए कहा।

नीना की भावनाएँ वह समझता है और यही कारण है कि वह उससे दूर रहता है। वह किसी को भी झूठे छलावे में नहीं रख सकता, मगर इस वक़्त उसे नीना की मदद की वाक़ई ज़रूरत थी। उसे नहीं लगा कि आज वह शो अकेले कर पायेगा, उसे किसी और की ज़रूरत थी। जैसे ही वह कुछ सोचने बैठता उसे अपने हाथ पर कुछ टपकता हुआ महसूस होता। वह चौंक उठता, उसे सपने वाले लड़के की याद आ रही थी। उसने नीना का हाथ दबाया–'थैंक्स नीना, आय रियली नीड योर हेल्प टुडे, बट आय होप, दिस इज़ नॉट व्हाट यू थिंक! यू नो व्हाट आय मीन!'

उसने नीना की आँखों में आँखें डाल दीं। दोनों मुस्कुरा पड़े।

'जानेमन, तुम कमाल करते हो, जान लेते हो और नाम भी नहीं लेते हो, सुनो, मैं तुम्हारी मदद किसी फालतू सोच के बदले में नहीं कर रही हूँ, मैं जानती हूँ, तुम मुझे प्यार नहीं करते, बट इट्स ओके! गेट रेडी फॉर द शो और अपना थोबड़ा सही कर लो, जी हल्का कर के शो करो!'

पॉल नीना के प्रति एहसान से भर गया। नीना के जाते ही वह लड़का फिर से उसके ज़ेहन में आ गया। हालाँकि उसने बहुत कुछ अच्छा करने की कोशिश की, मगर जैसे ही वह कॉमेडी करने की कोशिश करता, उसके सामने वह लड़का आ जाता! नीना उसका शो सँभाल रही थी।

शो के बाद नीना ने उसे अपनी गाड़ी से घर छोड़ा। आज उसे बागा बीच से पोरवरिम तक रास्ते की रूमानियत खींच नहीं रही थी। वह घर जाना चाहता था और सोना चाहता था, वह चाहता था कि वह पता करे कि वह कौन है और किस तरह से वह उसके दिमाग़ पर इस तरह छा गया है कि उसका सारा जीवन तहस–नहस करने पर उतारू है। पॉल बेहद बेचैन हो गया। उसकी आँखें मुँदने लगी थीं, जब नीना ने उसे घर पर छोड़ा उस समय एक बजा था। उसके बग़ीचे में हल्का–हल्का शोर हो रहा था।

उसे पता नहीं चल रहा था कि किसका शोर है, ट्रैफिक का शोर भी उसके कमरे तक नहीं आ रहा था। उसकी आँखों और कानों में सपना घुसा हुआ था।

'पॉल, होप यू आर ओके? मैं अन्दर तक छोड़ दूँ!' नीना ने उसकी हालत देखकर पूछा।

पॉल ने उसे ऊपर से नीचे तक देखा, नीना डर गयी! ओह नो, ये इसे क्या हुआ है?

'पॉल, पॉल!'

नीना ने आवाज़ लगायी, मगर पॉल को कुछ सुनायी नहीं दे रहा था, आँखों के पार कोई था, जो उसके इन्तज़ार में था। वह अन्दर जाकर एकदम से बिस्तर पर लेट गया, और जल्द ही वह वहीं पहुँच गया जहाँ से कल चला था, भागा था। उसकी बेचैनी बहुत ज़्यादा थी। सपने में पहुँचकर वह उस लड़के को खोजने लगा।

'डेविड, डेविड!' वह चीख़ रहा था।

मगर डेविड नहीं आया! वह आवाज़ लगाता रहा, कमरे में रखी रूलिंग कुर्सी झूलती रही। डेविड ग़ायब था, पूरी रात 'डेविड डेविड' चीख़ते–चीख़ते पॉल सो गया। जब उसकी आँख खुली तो नीचे नीना हॉर्न बजा रही थी।

'नीना तुम?' पॉल ने आँखें मलते हुए दरवाज़ा खोला।

'जी, देखा है समय क्या हुआ है? शो की तैयारी करनी है कि नहीं!' नीना ने उसके लिए रसोई में चाय बनाते हुए कहा।

वह चुपचाप तैयार होता जा रहा था। मगर उसकी आँखों में अभी तक डेविड ही था। कल आया आज क्यों नहीं, कहाँ चला गया?

उसके शो पर असर पड़ने लगा था। डेविड की रहस्यमयता उसकी कॉमेडी पर असर डाल रही थी और पॉल की ज़िन्दगी से कॉमेडी जाने लगी थी। उसे भय हुआ कि कहीं कॉमेडी किंग, ट्रैजिडी किंग में न बदल जाये।

पॉल बेचैन रहने लगा था।

तीन दिन बाद फिर से उसे लगा जैसे आज डेविड आयेगा। तीन दिन के बाद वह फिर से जाता है, सपने में वहीं पर, डेविड नहीं था, मगर एक पर्ची थी।

'मुझसे मिलना है तो पंजिम की लाइब्रेरी में आओ।' पॉल मन्त्रमुग्ध बढ़ता चला जा रहा था, नगर की इकलौती लाइब्रेरी की तरफ़। उसकी आँखों में ऊपर कुछ उभर रहा था जो सोते–सोते लाल हो रही थीं। पॉल अपनी नाक की सीध में चलता चला जा रहा है और वह पहुँच गया एक पुर्तगीज इमारत के बाहर! बाहर ही एक पर्ची लगी थी–'आओ, अन्दर आओ!'

पॉल अन्दर चलता चला गया। अन्दर डेविड लाइब्रेरी की रूलिंग चेयर पर बैठा था, एक लड़की साथ में खड़ी थी जिसका नाम एनाबेला बताया गया। लाइब्रेरी ख़ाली थी। यहाँ क्यों बुलाया? वह पूछना चाहता था कि आख़िर वह उसके ही सपने में क्यों आया, मगर नहीं पूछ पाया। डर के कारण उसकी नसें जम रही थीं। वह उठकर भाग जाना चाहता था, मगर भाग नहीं पाया! वह लड़की कौन है डेविड की? दोस्त है क्या? और डेविड ख़ुद कौन है? वह बस इतना पूछना चाहता था, तभी वह लड़की ख़ुद बोल पड़ी–'पॉल, हमें पता है कि तुम बहुत परेशान हो, मगर कुछ सवालों के जवाब हमारे पास नहीं हैं। तुम्हें डेविड से बहुत कुछ पूछना है, हमें भी तुम्हें बहुत कुछ बताना है, मगर हमारी सीमा है। तुम डेविड से दो सवाल पूछ सकते हो। तीसरा नहीं। तीसरा पूछते ही तुम पर अटैक कर देगा जो मारक भी हो सकता है।'

मारक...यानी जानलेवा हमला।

दो सवालों की शर्त सुनते ही पॉल चौंक गया। यह तो वह अपने कॉमेडी शो में भी कहता है कि केवल दो सवाल! और कुछ नहीं! तो क्या लाइफ उसके साथ सपने में यह हॉरर कॉमेडी शो कर रही है।

'डरो नहीं, पॉल! हम कुछ नहीं करेंगे!'

पॉल को भरोसा तो नहीं हुआ। मगर पॉल भरोसे के अलावा कर भी क्या सकता था।

उसने डरते–डरते पहला सवाल पूछा–'सिर में क्या हुआ है?'

डेविड ने जवाब दिया–'सिर में चोट आ गयी थी।'

पॉल ने दूसरा सवाल किया–'अगर चोट लगी तो कैसे लगी!'

डेविड –'किसी ने मार दिया था।'

तीसरा सवाल हठात् मुँह से निकल गया–'किसने किया?'

तीसरा सवाल पूछते ही लाइब्रेरी के दरवाज़ों से अजीब–सी आवाज़ें आने लगीं, सैकड़ों उल्लू चीख़ने लगे, हज़ारों की संख्या में चमगादड़ उड़ने लगे, उसे लगा जैसे चींटियों की बाँबी टूट गयी है और चींटे और चींटियों की एक सेना उसका ख़ून पीने के लिए निकल पड़ी है। डेविड रूलिंग चेयर से उठ कर खड़ा हो गया। पॉल डर रहा था। वह उन आवाज़ों से बुरी तरह डर गया था जो उसका ख़ून पीने के लिए तैयार थीं, उसने अपना बैग उठाया और भागा। जहाँ से आया था वह उधर की ओर ही भाग रहा था, उसे पता था वहीं जाकर वह इस सपने से बाहर जा पायेगा। गिरता पड़ता और उन ख़ून पीने वाली आवाज़ों से बचता हुआ वह वहाँ पहुँच ही गया। उसके पीछे चमगादड़ और उल्लू सब शोर मचाते हुए आ गये। चमगादड़ उसका ख़ून पीने ही आ रहे थे कि तभी उसकी आँखें खुल गयीं और वह वापस आ गया!

आँखों के इस पार आकर पॉल ने देखा कि उसके शरीर पर कुछ निशान हैं! सच, डेविड हमला ज़रूर करेगा, वह जान गया था कि डेविड तीसरे सवाल पर नाराज़ है और हमला ज़रूर करेगा। बदला लेगा। उसने डर के मारे घर बदल लिया। नये घर में कैमरा लगाया कि अगर कुछ असामान्य बात हुई तो कैमरे में क़ैद होगा।

नये घर में डेविड नहीं आया, और न ही वह सपना। मगर फिर भी वह चमगादड़ों के द्वारा दिया गया घाव भूला नहीं था। उसे लग रहा था कि यहाँ रहेगा तो डेविड छोड़ेगा नहीं। गोवा छोड़कर जापान यात्रा पर चला गया लम्बे समय के लिए ।

वहाँ सब ठीक रहा। पूरे छह महीनों तक वह वहीं रहा। वीज़ा बढ़वाता रहा। उसकी आँखों में नींद फिर से आने लगी थी।

जब उसे लगा कि अब डेविड उसके सपनों से हमेशा के लिए बाहर चला गया है, अब नहीं आयेगा, तब उसने गोवा लौटने का फ़ैसला किया।

नये घर में लम्बे समय बाद वापसी थी। वह डरते–डरते अपने घर में गया। घर में सबकुछ सामान्य था। सारी चीज़ें यथावत् रखी हुई थीं। पूरी आश्वस्ति के बाद उसे सीसीटीवी का ध्यान आया। सबसे पहले सीसीटीवी चेक किया तो सन्न रह गया। वह साफ़–साफ़ देख पा रहा था कि उसके घर की रूलिंग चेयर हौले–हौले हिल रही थी। उस पर कोई नहीं बैठा था, फिर भी। उसने सोचा, घर से निकल जाये। कहीं और रात बिता ले। टूरिस्ट सीजन चल रहा था। बागा बीच पर लेट नाइट पार्टी में रात भर धूम मचा कर सुबह लौटे। लेकिन कोई चीज़ थी जो उसे उसी घर में रोक रही थी। वह चाह कर भी न जा सका और रात को रुकने का फ़ैसला किया। आख़िर कब तक घर से भागता रहेगा। घर तो हर इन्सान की ज़रूरत है। घर से भाग भी ले तो सपनों से कहाँ भाग पायेगा।

पॉल बहुत डरते हुए रात में सोया। उसे आशंका थी कि सपने में लाइब्रेरी के आगे का सफ़र तय करना पड़ सकता है। महीनों बाद अपने घर लौटा था। पुराने पुर्तगीज़ शैली के बने मकान उसे बहुत पसन्द। चारों तरफ़ खुला–खुला होता है और स्थापत्य एकदम अलग। जापान यात्रा, गोवा में फिर से अपना शो जमाने की चिन्ता और रूलिंग चेयर के हिलने का भय लिए जाने कब नींद आ गयी।

वह सपने में मॉल पहुँच गया था। डेविड फिर सपने में घुस आया था, उसे अपने साथ लेकर शॉपिंग मॉल में पहुँचा। मांडवी और जुआरी नदी के पार बसी बस्ती पोरवरिम के बीचोबीच खुले नये मॉल में ! सपने में ही पॉल ने अपना मोबाइल निकाला, नीचे हाथ करके, डेविड से छुपछुपा कर डेविड का फ़ोटो खींच लिया।

डेविड उसे डरा नहीं रहा था, ख़फ़ा नहीं था, क्रुद्ध नहीं था, ख़ुश था। 'मैं तीसरा सवाल पूछने वालों को दण्डित करता हूँ! मगर तुम्हें नहीं कर सका, तुमने मुझे बहुत हँसाया था, मैं तुम्हारे हँसाने की कला पर फ़िदा हूँ! मैं तुम्हें छोड़कर नहीं जाना चाहता, तुम जापान क्यों गये? जब तुम्हें पता था कि मैं तुम्हारा इन्तज़ार करूँगा सपने में?'

डेविड पूछ रहा था! पॉल हैरान है, ओह! यह उसके साथ ही रहेगा! यह क्या हो रहा है? उसे फिर से डर लगने लगा। डेविड आराम से आइसक्रीम खा रहा था।

'डरो मत, मैं तो केवल सपने में ही आ पाता हूँ, जायदाद के लिए हमारे चाचा और उनके बेटों ने हमें मार दिया था, तब से हम दोनों भटक रहे

हैं...हमें हँसी की तलाश है...जीवन काल में हम हँसने के लिए तरसते रहे...'

पॉल की आँखें जलने लगी थीं, उसके हाथ में जो कुछ था, सब गिर गया, उसका फ़ोन भी! डेविड हँसा!

पॉल की नींद किसी आवाज़ से खुल गयी। मोबाइल उसके सिरहाने से नीचे गिर गया था। उनींदे ही वह मोबाइल उठा कर मैसेज चैक करना चाहता था। रोज़ की आदत है, सुबह उठते ही सबसे पहले व्हाट्सएप चैक करना या मैसेंजर। रात भर में ही मैसेजेज की भरमार हो जाती थी। सुबह चाय के साथ सबको घोंटता और पी जाता या उगल देता। उपदेशों से भरे मैसेज दिमाग़ का दही बना देते थे। उसे लगता दुनिया कितनी अमौलिक हो गयी है, ओरिजिनल कुछ बचा ही नहीं। सब लोग कॉपी पेस्ट करने पर तुले हैं। व्हाट्सएप से कुछ चुटकुले उठा कर शो में शामिल कर लेता। जैसे अभी–अभी एक चुटकुले पर नज़र पड़ी। उनींदे ही पढ़ा और हँसी छूट गयी–

बेगम साहिबा–'क्या कर रहे हो?'

नवाब साहब–'इज़्ज़त की डोर को, उलझनों की जकड़ और कशमकश से आज़ाद कर रहा हूँ...'

बेगम साहिबा–'मतलब ?'

नवाब साहब–'पाजामे के नाड़े में गाँठ पड़ गयी है, खोल रहा था...'

वह एक हँसती हुई सुबह थी। नमकीन धूप और हवा से खिली हुई सुबह। एक तरफ़ समन्दर का नमक तो दूसरी तरफ़ दो–दो नदियों की मीठी हवा। ऐसी सुबह में अकेले–अकेले हँसता हुआ पॉल एक पल के लिए सब भूल गया। गुड मार्निंग की तस्वीरों से फ़ोटो गैलरी पट गयी थी। रोज़ फ़ोटो गैलरी में जाकर फ़ोटो डिलीट करना पड़ता है। व्हाट्सएप का फ़ोटो गैलरी में अपने आप अपलोड होने का ऑप्शन बन्द करने के मूड में आ गया था पॉल।

पहले फ़ोटो गैलरी खोली–फूल–पत्तियों, उगते सूरज और सुन्दर स्त्रियों के फ़ोटो डिलीट करते–करते अन्त तक पहुँचा तो हैरान रह गया। उसके मुँह से ज़ोरदार चीख़ निकली और नमकीन हवा में घुल गयी।

फ़ोटो गैलरी में कई फ़ोटो डेविड के थे! सारे फ़ोटो सपने में पॉल ने खींचे थे। उसे यक़ीन हो तो कैसे। सारा दिन उन तस्वीरों को देखता और परेशान होता रहा। बार–बार कमरे के कोने में पड़ी रूलिंग चेयर को देखता। जो उसकी अनुपस्थिति में हिलती थी, लौट कर आने के बाद

एक बार भी नहीं हिली। बेचैनी से दिन काट कर वह शाम को कॉमेडी शो करने रेस्तराँ पहुँचा। भीड़भाड़। ख़ूब शोरगुल। लोग कुर्सियों पर जमे हुए। स्टैंडअप कॉमेडियन पॉल की वापसी की ख़बरें चारों तरफ़ फैल चुकी थीं।

कॉमेडी के लिए मंच पर लाइट जली ! पॉल आया। दर्शक दीर्घा में काफ़ी कुर्सियाँ भरी हुई थीं। कुछ कुर्सी ख़ाली दिखीं, पीछे।

अचानक उसने देखा–एक कुर्सी हौले–हौले हिल रही है।

कोई आवाज़ हवा के साथ कानों से टकरायी–'डरो मत, मैं यहाँ सिर्फ़ हँसने आता हूँ। मैं तुम्हारे सपनों से बाहर आ गया हूँ। अब हर शाम यहाँ हँसने आया करूँगा।'

'शो मस्ट गो ऑन डूड।'

पॉल कुछ बोलना चाह रहा था लेकिन उसकी आवाज़ जैसे कण्ठ में अटक गयी हो। हमेशा लोगों को हँसा कर तालियाँ बटोरने वाले पॉल की आँखों से आँसू बह रहे थे। हॉल में डेविड और उसकी बहन के ठहाकों की आवाज़ गूँज रही थी।

वह अनजान औरत

पूरे दो महीनों के बाद मैं आज घर जा रहा हूँ! मुझे याद नहीं था कि आख़िर उस दिन क्या हुआ था? मुझे क्या हुआ था? ओहो! उस दिन की याद मुझे अब तक बेचैन कर रही थी, जिसने मुझे दो महीनों तक अस्पताल का मेहमान बना दिया था। मैंने घर में लँगड़ाते हुए क़दम रखा तो अम्मा की आँखों में उन लाल डोरों को देखा, जो इतने दिनों में सूखते और हरे होते रहे थे। अम्मा आरती लिए खड़ी थी और बिट्टू भी अपने खिलौनों के साथ खड़ा था! दादी भी गूगल और लोबान लेकर खड़ी थीं। मुझे यक़ीन नहीं हो रहा था कि ये सब मेरे लिए हो रहा था। शायद मेरे साथ जो हुआ था, उसने मेरे साथ इन लोगों को भी हिलाकर रख दिया था। जो मेरे साथ हुआ था, वह अम्मा और बाबा के लिए सहज तो नहीं रहा होगा!

'बचवा, जो हुआ, अब भूल जाओ उसे, अन्दर आओ!' अम्मा ने मेरे बालों में हाथ फेरते हुए कहा!

अम्मा ने मेरी आरती उतारी और दादी ने गूगल और लोबान से नज़र उतारी। धुएँ से एकदम मेरी आँखों में किरमिचें–सी पैदा हो गयीं। ऐसा लगा जैसे एकदम से किसी ने काँच–सा मेरी आँखों में डाल दिया हो। इतनी तो जलन नहीं होती थी पहले? आज क्यों हुई?

'का हुआ लल्ला?' दादी एकदम से चौंक गयी थीं!

'कुछ नहीं, आँखें जल रही हैं!' मैंने आँखें मलते हुए जवाब दिया।

'अरे, तुम दोनों भी, जभे देखों, तब सुरु होइ जाती हो! अब जे नहीं कि लल्ला को घर में नेक आराम कर लेन देतीं! मगर नईं, तुम तो लगी पड़ी हो, कोई आरती उतारन के लएं और कोई नजर उतारन के लएं आय रहो है!'

ये बाबा थे, जो मेरे पास खड़े थे। शहर के अस्पताल से वह ही मेरे साथ आये थे और मैं आज से दो महीने पहले की ज़िन्दगी और आज

की ज़िन्दगी में एक तार जोड़ने की कोशिश में था। आख़िर मेरे साथ जो हुआ था, वह क्या था और वहाँ से मुझे वापस कौन लाया? मेरे कानों में अब तक उसकी आवाज़ गूँज रही थी।

अम्मा सिर पर हाथ फेर रही थीं, बिट्टू मेरे लिए पानी ले आया था। पानी के छींटे डालते हुए ऐसा लगा जैसे किसी ने कहा हो–

'प्रकाश, फिर डर गये क्या? मेरी बात नहीं मानी न?' और मेरे हाथ से लोटा छूट गया! घर के बाहर बरामदे में पड़ी कुर्सी पर ऐसा लगा जैसे कोई बैठा है! और मुझ पर हँस रहा है, कुछ वही हँसी, जो इतने दिनों से मेरे साथ थी! जब आँखें खुलीं तो रोती हुई अम्मा ने बताया था कि पूरे सात दिनों के बाद मैंने आँखें खोली हैं। अम्मा की आँखों में मैं डर देखता था, मुझे खो देने का डर! इतना डर, कि मैं बार–बार अपनी आँखें बन्द कर लेता!

और आज, मेरे ठीक होने के बाद, अम्मा ने पूरे मुहल्ले में बजरंग बाण पाठ का निमन्त्रण दे दिया है। दादी भी बूँदी के लड्डू बना रही है, बिट्टू अपने दोस्तों को बुलाने गया है। और बाबा मेरे पास ही बाहर वाले कमरे में बैठ गये हैं।

मैंने पिछले दिनों बाबा को रोते हुए देखा है, हर बार जब भी वह मुझे देखते, तब–तब उनकी आँखों में मेरे लिए एक संशय का भाव होता। मैं उन दिनों अम्मा और बाबा दोनों की आँखों में अपने लिए मौत का ख़ौफ़ देखता और उस ख़ौफ़ में ख़ुद ही खो जाता!

मेरे हाथ में एक तरफ़ दवाई बोतल के ज़रिये चढ़ती, मगर माँ की आँखों में आँसू देखकर ज़िन्दा रहने का भरोसा ही नहीं होता था। डॉक्टर रोज़ आकर कहता–'आप लोग बच्चे के लिए ख़ास दुआ किया करें!'

एक्सीडेंट में केवल जान ही बच गयी थी और तो पूरा शरीर ही टूट गया था। एक्सीडेंट भी क्या, घर से निकला था, रेल की पटरी पर देखा कि रेल गुज़र रही थी, पीछे पैर किया तो एकदम से सामने से आते हुए मिनी ट्रक ने टक्कर मार दी थी। बस फिर होश नहीं था कि क्या हुआ! जब होश आया तो ख़ुद को अस्पताल में न जाने कितनी नलियों से घिरा हुआ पाया। अजीब–सी गन्ध थी माहौल में। दवाइयों, रसायनों और अन्य रोगियों की साँसों से मिल–जुल कर बनी हुई गन्ध थी शायद। बीप–बीप की आवाज़ों के बीच बार–बार माँ को रोते हुए देखा। बाबा रोते तो नहीं, मगर उनकी आँखों में ख़ौफ़ होता है। शायद मैं भी छोड़ चुका था

ज़िन्दगी की आस। तभी एक दिन न जाने मुझे क्या हुआ कि मैंने लोगों को पहचानना ही बन्द कर दिया। अम्मा का रोना शुरू हो गया था। मुझे कुछ नहीं पता था कि मेरे पास कौन बैठा है, बस ऐसा लगता कि कोई तो बैठा है। नेपथ्य में आवाज़ें आतीं–'देखिए, हम जो कर सकते हैं, कर रहे हैं। दिल्ली ले जाने जैसी हालत नहीं है लड़के की, कोई फ़ायदा नहीं! आप यहीं पर इलाज करायें, भगवान पर भरोसा रखें।'

अम्मा की सिसकियाँ सुनायी देतीं। इलाज लम्बा चलने की उम्मीद थी, सो मुझे साधन सम्पन्न कमरे में शिफ्ट कर दिया जहाँ इमरजेंसी की सारी सुविधाएँ मौजूद थीं। जगह बदली तो उस रात बहुत देर तक नींद नहीं आयी थी मुझे। मुझे महसूस हो रहा था कि सब लोग जैसे मेरे मरने का इन्तज़ार कर रहे हैं। मरने के ख़याल ने मेरी नींद उड़ा दी। तेज़ दर्द ने पेनकिलर को भी मात दे दी थी।

मैं सोच रहा था कि अगले साल जब बारहवीं की परीक्षा होगी, तब मैं नहीं होऊँगा! मैं टॉप करना चाहता था! मैं अपना नाम अख़बारों में देखना चाहता था। क्या मैं कभी यह नहीं देख पाऊँगा! समय क्या होगा? मुझे क्या करना समय से? कौन–सा मैं ज़िन्दा रहने वाला हूँ! शायद कल भी ज़िन्दा रहूँ या नहीं! मैं सिसक उठता, मगर कौन था जो मेरी बात समझता। अम्मा को अपने रोने से फ़ुर्सत नहीं थी। अम्मा मुझे कमरे में छोड़ कर थोड़ी देर के लिए घर चली गयी थीं, मुझे नर्सों के हवाले करके। पता नहीं कब लौटीं! अकेला मैं उस रात बहुत देर तक रोता रहा था, किसी को भनक भी नहीं लगी। बिना आँसुओं की रुलाई का न कोई मोल है न महत्त्व। सूखी रुलाई कोई नहीं समझ पाता। उसी मनोदशा में जरा–सी आँख लगी तो किसी का स्पर्श मेरे माथे पर लगा।

अम्मा का स्पर्श आज कई दिन बाद इतना गर्म और जीवन से भरा लगा था। मेरे मन में कुछ हुआ। मैंने अम्मा को आवाज़ लगायी। पर मुझे ऐसा लगा जैसे मेरी आवाज़ भी नहीं निकल पा रही है।

मेरी आँखों में अब तक वही सपना हिलोरें ले रहा था, जिसमें मेरा नाम टॉपर छात्रों में हो। क्या वाक़ई यह सपना अधूरा ही रह जायेगा? मैं अम्मा के हाथों के तले इस सपने को देख रहा था।

'सब ठीक होगा! तुम इतनी चिन्ता क्यों करते हो? क्या दुनिया भर का बोझा तुम्हारे ऊपर है?'

अम्मा की आवाज़ आ रही थी। इतने दिनों के बाद अम्मा ने आज

ज़िन्दगी की बात की थी। नहीं तो इतने दिनों से तो जैसे मेरे मरने का इन्तज़ार–सा हो रहा था। अम्मा की रुलाई बात–बात पर फूट जाती थी। अम्मा का हाथ मेरे माथे पर तेज़ी से चलने लगा था। बार–बार उसका हाथ मेरे बालों से लेकर सिर तक जाये। मेरे बाल सहलाये। बार–बार एक आश्वासन–सा मेरे सपने तक पहुँच रहा था। मुझे एहसास हो रहा था जैसे पत्तियों की सरसराहट से वह बार–बार मेरी मरी हुई नसों में ज़िन्दगी दे रही हो। वह जीवन और मृत्यु के बीच दीवार को चौड़ा कर रही थी। हर रोज़ मैं जिस खाई की तरफ़ जा रहा था, उसकी उँगलियाँ इतने दिनों के बाद मुझे वापस ला रही थीं। आईसीयू के एक कोने में, सफ़ेद पर्दे से घिरे हुए बेड पर! मैं उस बेड से दूर जा रहा था, कोई मुझे रोके हुए था।

'अम्मा, आज बहुत अच्छा लग रहा है!'

मैंने कहना चाहा। पता नहीं, कह पाया या नहीं, वह सुन पायीं या नहीं। मैंने ज़रूर सुना जो वह कह रही थीं।

'तुम सो जाओ! बहुत थक गये हो और मत सोचो, सोचने का काम अपने बाबा के लिए छोड़ दो! ठीक है, बच्चू, अब तुम सो जाओ!'

अम्मा की उँगलियों ने मुझे नींद की गलियों और सड़कों पर पहुँचा दिया। मैं बहुत ही अँधेरी, लम्बी सुरंग में पहुँच गया था। इतनी गहरी नींद आयी जो सुबह नर्स की आवाज़ से ही खुली।

'आज तो बहुत फ्रेश लग रहे हो, बाबू! चलो दवाई खा लो!'

आज मैंने भी बिना ना–नुकर के मुँह खोल दिया था। अम्मा कहाँ गयीं? रात की यादें ताज़ा थीं। मगर मुझे अभी तक दिख नहीं रहा था कुछ भी। मैं अन्दाज़ा ही लगा रहा था कि मुझसे मुख़ातिब कौन है?

अपनी बेदम आवाज़ से मैंने नर्स से पूछा–'अम्मा आयी थीं क्या?'

नर्स ने इंजेक्शन लगाते हुए जवाब दिया–'रात को तो तुम अकेले थे। तुम्हारी दादी की तबीयत ठीक नहीं थी, तो अम्मा वहीं गयी हैं। अभी आती ही होंगी!'

अम्मा नहीं थीं...ऐसा कैसे हो सकता है...नर्स झूठ क्यों बोल रही है, वह कोई और हो ही नहीं सकता, सिवाय अम्मा के...उनकी उँगलियों के स्पर्श को मैं पहचानता था...आवाज़ ज़रूर लरज रही थी...कहाँ होश था इतना कि आवाज़ में फ़र्क़ पहचान सकूँ... अम्मा नहीं तो, और कौन...और तो कोई मुझ पर इतना मेहरबान नहीं कि सारी रात मेरे सिर पर हाथ रखे, अस्पताल में बैठा रहे।

नर्स मेरी चेतना को झकझोरकर चली गयी थी। फिर वह कौन थी? हो सकता है किसी और मरीज के साथ आयी हो, और मुझे अकेला देखकर चली आयी हो! अम्मा तो नहीं थीं, मगर जो भी थीं, वह थीं बहुत अच्छी। बिल्कुल अम्मा–सी...

दिमाग़ सचेत हो गया था।

'का हो बचवा! दवाई ले ली?' अम्मा की आवाज़ आयी.।

'हाँ, अम्मा! दादी कैसी हैं?' मैंने अम्मा से पूछा।

'ठीक हैं, आज तो बहुत ताज़े लग रहे हो? बिट्टू भी आया है!'

मैंने धुँधली निगाहों से देखा मेरा भाई भी वहाँ था। तभी मैंने दरवाज़े पर किसी और की भी छाया देखी! मैं चौंक गया! अम्मा के पीछे, अम्मा–सी कोई छाया थी। चेहरा स्पष्ट नहीं था। या मुझे दिखायी नहीं दे रहा था। मैं किसी को साफ़–साफ़ नहीं देख पा रहा था।

ओह, क्या यही थी वह, जो पूरी रात मेरे साथ थी?

मैंने अम्मा से पूछा–'अम्मा, दरवाज़े पर कौन है?'

अम्मा ने पीछे मुड़कर देखा–'कोई तो नहीं!'

मगर मुझे तो साफ़ दिख रही थी, फिर अम्मा को क्यों नहीं!

'लग रहा है, तुम्हारे दिमाग़ में जो चोट लगी है, तुम्हें कुछ को कुछ दिखायी पड़ रहो है! तुम आराम करो!'

अम्मा को लगा जैसे मैं किसी मतिभ्रम का शिकार हूँ! मगर वह कोई भ्रम नहीं था। एक जीती–जागती औरत थी वहाँ पर! शायद अम्मा नहीं देखना चाह रही होंगी।

मैंने करवट ले ली। अम्मा मेरे बालों पर हाथ फेरती जा रही थीं। 'अबकी बार फ़सल बढ़िया हुई है। तुम्हें भुट्टा बहुत पसन्द है, जल्दी से तुम ठीक हो जाओ तो हम लोग ख़ूब भुट्टा खायेंगे।'

आज अम्मा की बातों में वही चिन्ता थी, जीवन की तरफ़ वापसी की बात थी। मैं भी ठीक होना चाहता था, मगर जैसे ही डॉ. कुछ कहता, मेरे ज़िन्दा होने की आस कहीं न कहीं पीछे चली जाती। हम सब एक डूबती हुई कश्ती में सवार थे।

शाम हुई, अम्मा के जाने का समय हो गया था। मैं बेचैन हो उठा। फिर अकेले रहना होगा! बाबा को तो इलाज के लिए पैसे जुटाने के लिए बार–बार गाँव जाना पड़ रहा है। मैं दर्द से और अकेलेपन की बेचैनी से तड़प उठा, सिसक उठा।

तभी मुझे लगा जैसे अम्मा गयी नहीं हैं, वह मेरे ही पास बैठी हैं।

'प्रकाश, तुम इतना क्यों रोते हो? क्या तुम्हें ज़िन्दगी नहीं चाहिए?' वह फिर से बोलने लगीं।

मैंने चैन की साँस ली। वह आ गयी थी।

'तुम भी यहीं किसी के साथ आयी हो क्या? देखो न कितने मरीज़ हैं यहाँ पर, और मैं! मैं न जाने कब ठीक हो पाऊँगा?' मैंने उससे पूछा।

'तुम क्यों नहीं ठीक हो पाओगे? तुममें ऐसा क्या है? क्या दुनिया में एक्सीडेंट नहीं होते? लोग वहीं मर जाते हैं, मगर कुछ तुम जैसे ख़ुशकिस्मत होते हैं, जो सात दिनों तक बेहोश रहने के बाद सही भी हो जाते हैं।'

वह मेरे हाथों का मसाज कर रही थी।

आधी रात हो गयी थी। मुझे लगा जैसे वह जिसकी देखभाल करने आयी है, वह इस समय तक सो गया होगा।

'कल तो मैंने तुम्हें अपनी अम्मा समझा था!' मैं नींद में जाते हुए बुदबुदा रहा था।

'तो अम्मा ही तो हूँ! अम्मा माने जो लाड़ दे, दुलार दे! है न!' उसने मेरी हथेली सहलाना जारी रखा।

'हाँ!'

मेरी आँखें मुँद रही थीं।

'सुनो, तुम हमेशा ही यह क्यों सोचते हो कि तुम मरने जा रहे हो? कभी सोचा है, तुम्हारे मरने के बाद तुम्हारे अम्मा–बाबा का क्या होगा? दादी, बिट्टू सब कितने टूट जायेंगे?'

वह बोलती जा रही थी...

आवाज़ अम्मा से अलग थी। मैं साफ़–साफ़ सुन सकता था। किसी पढ़ी–लिखी औरत–सी सुघड़ता थी, बातचीत के अन्दाज़ में। चेहरा ही नहीं देख पा रहा था। जितना आँखें खोलने की कोशिश करता, आँखें मूँदती जातीं।

'हाँ, मैं मरना नहीं चाहता। मैं ज़िन्दा रहना चाहता हूँ। मैं ठीक होना चाहता हूँ....' मैं ये सब बोलना चाहता था, होंठ काँप कर रह गये! अर्द्धबेहोशी छाने लगी थी।

'तुम्हें ठीक होना है। तुम्हें दसवीं में टॉप करना है, तुम्हें अपना नाम अख़बार में देखना है, बस यही सपना तुम रोज़ देखो और ख़ुद से वादा करते रहो कि तुम कक्षा दस में टॉप करने जा रहे हो! और कुछ नहीं!

ज़िन्दगी में बच्चू, जो मरने से पहले हार मान लेता है, वह जीत नहीं पाता। समझे, और मरने का क्या है, वह तो एक दिन सबको जाना ही है, आज नहीं तो कल! अब कोई अश्वत्थामा तो है नहीं!' वह विचित्र ढंग से हँसने लगी थी।

आधी रात, वह मेरे साथ इस तरह बैठी हुई बातें कर रही थी। किसी और को तो दिख रही होगी।

बहुत ही आश्चर्य की बात थी कि नर्स इतनी देर में कितनी बार चक्कर लगा कर गयी। नर्स भी उसे नहीं देख पा रही।

'अब तुम सो जाओ!' वह बोली। वह उठकर जाना चाह रही थी, कि मैंने हथेली कस दी।

'क्यों तुम नर्स हो क्या? जो तुम सबका दुःख–दर्द दूर करने जा रही हो! बैठो न मेरे पास!' बुदबुदाते हुए मैंने उसका हाथ पकड़कर अपने पास बैठा लिया!

उसका हाथ बहुत गर्म था। जीवन से भरपूर! इतना जीवन जैसे कुछ अधूरा छोड़कर आयी हो!

मैंने उसे देखने की कोशिश की। मगर कुछ दिनों से कुछ भी साफ़ नहीं दिख रहा था।

'सुनो, तुम अपने मन में ठान लो कि तुम्हें साफ़ देखना है। तुम्हें इस धुँधलेपन का हिस्सा नहीं बनना!'

'क्या ऐसा हो सकता है?' मैं पूछना चाहता था, होंठ बड़बड़ाकर रह गये।

'हाँ, क्यों नहीं! गाँवों में न जाने कितने लोग होते हैं, जिन्हें साँप काट लेते हैं, मगर जो अपनी इच्छाशक्ति का इस्तेमाल करता है, वह उस ज़हर से जीत जाता है जो उसके शरीर में फैलता है और जो कमज़ोर होता है, वह उस ज़हर का शिकार हो जाता है। अब तुम ही सोचो कि तुम्हें क्या करना है?' वह अब नीचे की तरफ़ बैठकर तलवे सहला रही थी। अजीब–सी ताक़त थी उस स्पर्श में।

फिर मुझे नींद आ गयी और मुझे नहीं पता कि वह कहाँ गयी।

दिन में फिर अम्मा आ गयी थीं, और आज मुझे वह कल से ख़ुश लगीं, क्योंकि शायद नर्स ने उन्हें बता दिया था कि आज और कल दोनों दिन मैंने सही से दवा ली है और बात भी की है। आज अम्मा भी गाँव की ढेरों बातें लेकर आयी थीं। सन्तरा छीलते–छीलते जैसे वह अपना दर्द

और असुरक्षा भी छीले जा रही थी। अम्मा की बातों से बहुत कुछ ढल कर गिर रहा था।

मैंने कहा, 'अम्मा, मैं ठीक होना चाहता हूँ!'

अम्मा के हाथ सन्तरा छीलते–छीलते रुक गये–

'तुम ज़रूर ही घर चलोगे बचवा, मेरा दिल कहता है! चलो सन्तरा खा लो!' उस दिन मैं अम्मा की गोद में सिर रखे सोता रहा। शाम को आँख खुली, उस परिचित आवाज़ के साथ, जो अब मेरा हिस्सा थी।

'हम्म, तो बच्चू आज ख़ूब सोये हो! अब ज़रा आँखें खोलकर देखो, देखो साफ़ दिखा, मगर मन में यह सोचकर कि तुम्हें साफ़ देखना है क्योंकि डॉ. ने भी कहा है कि यह कोई बीमारी नहीं है बल्कि यह तुम्हारे साथ सदमे और ज़िन्दा न रहने के गम के कारण हो रहा है! चलो, धीरे–धीरे आँखें खोलो!'

पता नहीं उस आवाज़ में क्या जादू था कि मैंने धीरे–धीरे आँखें खोलनी शुरू कर दीं! मन में अम्मा, बाबा और हनुमान जी को सोचते हुए मैं अपनी आँखें खोल रहा था। चमत्कार–सा घटते देख रहा था। जो काम डॉक्टर न कर सका था, वह इस अनजान औरत ने कर दिया था। मुझे अब काफ़ी हद तक साफ़ दिखने लगा था। उसने मेरे सिर पर हाथ फिराया।

'देखो, मुझे शायद एक या दो दिन में जाना पड़ेगा, फिर न जाने कब मिल पाऊँ! तो तुम सुनो, हार न मानना! अख़बार में तुम्हारा फ़ोटो केवल टॉपर के ही रूप में आये, एक्सीडेंट पीड़ित के रूप में नहीं!'

उसकी बातों में अजीब–सी व्याकुलता मैं देख रहा था। मगर मुझे इतनी नींद आ रही थी कि मैं सो गया। शायद यह पेनकिलर का असर था।

रात को ऐसा लगा जैसे कोई मेरे बहुत क़रीब बैठा है। मैं आधी नींद में था। आधा जगा था। अस्पताल में अजीब–सा अँधेरा था। ऐसा लगा जैसे मेरे बगल वाले कमरे में अजीब–सी हलचलें हो रही हैं। भीड़ बढ़ रही है। अगर चल सकता तो मैं ज़रूर जाता। मगर मेरा मन तो हो ही रहा था। मैं हिम्मत करके उठा और वहाँ की तरफ़ बढ़ने लगा।

'सिस्टर, यह कैसा शोर है?' मैंने नर्स से पूछा।

'तुम अपने बिस्तर से क्यों उठकर आये? कुछ दिन पहले एक अनजान, जवान औरत को पुलिस लेकर आयी थी, रोड एक्सीडेंट में बुरी तरह घायल हो गयी थी, हमने बस उसका इलाज करने की कोशिश की थी, मगर बचा नहीं पाये थे। कल उसके मायकेवालों का पता लगवाया

था और आज वे उसकी डेडबॉडी लेने आये हैं।' नर्स मुझे क़िस्सा सुना रही थी।

'ओह...', ठण्डी साँस निकली।

'रिश्तेदारों की खोज कई दिनों से हो रही थी, पुलिस ने सभी व्हाट्सएप ग्रुप, फेसबुक सबमें फ़ोटो डाला तब जाकर पता लगा है। ये सोशल मीडिया आजकल बहुत काम आ रहा है, नहीं...'

मैंने सिरहाने रखा मोबाइल कँपकँपाते हाथों से खोज निकाला। देखना चाहता था कि मेरे किसी ग्रुप में फ़ोटो आया है या नहीं। दोस्तों के ग्रुप में तो नहीं थी ऐसी कोई सूचना जबकि आये दिन किसी–न–किसी बच्चे के खोये–पाये की सूचना आ जाती थी, फ़ोटो समेत। या ब्लड डोनेशन के लिए। लगभग दस समूहों में खोजते–खोजते थक कर निढाल हो गया। नर्स ने हाथ से मोबाइल लेकर लिटाना चाहा, तब तक उँगली आख़िरी सोसायटी वाले समूह पर गयी, आख़िरी मैसेज था–एक तस्वीर के साथ। दुर्घटना में घायल किसी स्त्री का रक्तरंजित चेहरा था, उसके रिश्तेदारों की खोज के लिए इसे अन्य सभी समूहों में भेजने का आग्रह किया गया था, विनीत–गाजीपुर पुलिस।

'नहीं, यह नहीं हो सकता! ये, ये...' मेरी आवाज़ जैसे मेरे गले में ही घुट गयी।

मैं बेड पर लुढ़क गया। नर्स दौड़ती हुई आयी। मेरे मुँह से घुटी–घुटी–सी चीख़ निकल रही थी। तो यही थी वह...वह धुँधली–सी आकृति, जिसका चेहरा साफ–साफ़ कभी न देख पाया। जितना देखा, इससे मिलती–जुलती थी वह। वह कैसे...ओह, तो इतने दिनों से जो मुझे ज़िन्दगी में वापस ला रही थी, उसकी ख़ुद की ज़िन्दगी की डोर टूट गयी थी? जो मुझे ठीक कर रही थी, वह ख़ुद ही ऐसे संसार में है जहाँ से वापस नहीं आ सकता कोई!

'सुनो, आओ न! मुझे तुमसे बात करनी है। तुम कौन हो?...' मैं रोये जा रहा था।

'न बच्चू, रोते नहीं!' वही आवाज़ गूँजी!

'ये ज़िन्दगी जीने के लिए होती है, रोने के लिए नहीं! अपने सपने पूरे करने के लिए हमें जीना होता है। मौत क़दम–क़दम पर हमारे सामने खड़ी होती है, हमें नहीं पता कि हमारा आने वाला कल क्या हो! इसलिए आज में जियो! बच्चू, मुझसे इतना मोह ठीक नहीं! मैंने कहा न था कि

मुझे जाना है! वादा करो कि ज़िन्दगी और मौत की इस लड़ाई में तुम जीतोगे और मौत को हराओगे!'

जाने किधर से वह आवाज़ आ रही थी। नर्स मेरे ऊपर झुकी हुई गाल हौले–हौले थपथपा रही थी।

मैं रो रहा था और आज कई दिनों के बाद मैं जीत भी रहा था। मुझे जीतना था। उस दिन के बाद मैंने ख़ुद ही इस मौत को हराने की ठान ली और डॉ. की दवाइयों, मेरी ज़िद और उसकी अनदेखी पुकार ने मुझे आज पूरे दो महीनों बाद घर पर लाकर खड़ा कर दिया है।

मैं देख रहा हूँ कि मेरे चारों तरफ़ सुरक्षा घेरा बन रहा है। कोई परिचित स्पर्श मेरे माथे पर अभी भी है, मुझे लगा जैसे चेहरे तक कोई आया और मेरा माथा सहला कर निकल गया।

मैंने अम्मा से पूछा–

'अम्मा, मौत भी ज़िन्दगी देती है क्या?'

सिहरती हुई अम्मा बोलीं, 'भूत देख लियो है का बचवा!'

वे वहाँ लाइव थीं

चारों तरफ़ रतन की खोज हो रही है। वह काफ़ी देर से किसी को दिख नहीं रहा था। हल्दी चढ़ने का वक़्त हो रहा था। आँगन में औरतें सारा तामझाम लेकर शोर मचा रही थीं। ख़ूब सजी–धजी औरतें चहक रही थीं क्योंकि रतन ने सबको बता दिया था कि शादी की हर विधि का फेसबुक पर लाइव प्रसारण करेगा। फिर क्या, औरतें सजी–धजी, मटक–मटक के, सुर में झूमर गा रही हैं।

रतन की अम्मा, जानकी काकी की ख़ुशी का कोई ठिकाना नहीं था। वह तो सोच भी नहीं सकती थीं कि अपने गाँव से दूरी रखने वाला उनका शहरी बेटा गाँव से ही शादी करेगा। गाँव के लोग शहर की तरफ़ शादी करने जा रहे हैं, यहाँ शहरी बेटा गाँव की तरफ़ रुख़ कर रहा है। वह चकित तो थीं ही, बेहद ख़ुश भी कि समूचे गाँव में, सीना तान कर कह सकेंगी कि 'देखो..देखो...मेरा लायक बेटा...बेंगलुरु जैसे शहर में रह कर भी नहीं बदला।' वह तो इस बात से चिन्तित रहा करती थीं कि सारा तामझाम समेट कर, रिश्तेदारों को लेकर कहीं बेंगलुरु न जाना पड़े।

रतन ने शादी तय होते ही फ़ैसला सुना दिया था कि पारम्परिक रीति–रिवाज से गाँव में ही शादी करेगा। उसके दोस्त शादी को फेसबुक पर लाइव करेंगे। उसके ग्रामीण दोस्त भी बड़े उत्साहित थे कि रतनवा की शादी का फेसबुक लाइव टेलीकास्ट होगा जिसमें नागिन डांस प्रमुखता से दिखाया जायेगा। रतन के दोस्त हरिहर ने मन–ही–मन ठान लिया था कि इस बार संजईया के गले से गमछा खींच कर ज़मीन पर लोट जाना है और नागिन बन कर सबको नचा देना है। दुनिया देखेगी...लाइव नागिन डांस। बिना दारू नागिन डांस और कौन कर सकेगा भला। शराबबन्दी के बाद नागिन डांस पर बहुत फ़र्क़ पड़ा है। वह दुनिया को दिखा देगा

कि ऐसे डांस के लिए सिर्फ़ आन्तरिक मस्ती ज़रूरी है, बाहरी उत्तेजक पेय पदार्थ की नहीं।

हरिहर के ख़्वाब से अनभिज्ञ संजय अलग तैयारी में था। स्कूल की मास्टरी से ऊबा हुआ संजय नागिन बन कर धूल में लेटने को बेताब था, थोड़ा–बहुत गला तर करने का इन्तज़ाम तो हो ही जायेगा। हो न हो...उसके पहले ठुमकना है....

'आज मेरे यार की शादी हैं....'

सब लोग अपने–अपने ख़्वाब बुन रहे थे।

जानकी अपने मन–ही–मन खुश हो रही थी। इस छोटे से गाँव में अन्तिम घर उनका था। पासवान चौक पर रतन के बाबूजी की छोटी–सी दुकान थी, गाँव भर की ज़रूरत की सारी चीज़ें मिलतीं ! पूरा गाँव उन्हें रग्घू काका के नाम से बुलाता था। रग्घू का अपना नाम क्या था, रग्घू भूले बैठे थे, अब तो गाँव भर के काका थे। वह गाँव छोड़ना नहीं चाहते थे। रतन को मुजफ़्फ़रपुर के ज़िला स्कूल में पढ़ाया फिर वहाँ से दिल्ली गया और दिल्ली से नौकरी पाकर बेंगलुरु चला गया। वह बस ख़र्च भेजते रहे। रतन ने कितनी बार बेंगलुरु बुलाया, बार–बार टाल जाते कि बहू आ जाये तो घर बसाने चलेंगे। वह इसी बात से गद्‌गद थे कि किसानी–दूकानी करके बेटे को सॉफ्टवेयर इंजीनियर बना दिया।

गाँव में शादी करने का फ़ैसला नितान्त रतन का था जिसने लड़की वालों को भी अचम्भे में डाल दिया था। गौरवर्ण, गठीले बदन वाला रतन सुदर्शन युवक था और स्वभाव से ज़िद्दी और खोजी। उसे किसी काम के लिए रोकना असम्भव। बचपन में कोई चीज़ बचानी होती तो जानकी उस सामान को जहाँ छिपाती, उस ओर इशारा करके बताती–'इसी में रखा है।' रतन फिर उस ओर देखता नहीं, उसे लगता कि अम्मा उसे ठग रही हैं। वह अम्मा को चालाक समझ कर दूसरे गुप्त स्थानों की तलाश करता, और ढूँढ़ कर हलकान हो जाता।

उसका यह स्वभाव बना रहा। वह ज्ञात नहीं, अज्ञात की ओर आकृष्ट होता।

शादी से सात दिन पहले घर पहुँचा तो बहुत–सी हिदायतों से लाद दिया गया जिसमें शामिल था–'गाँव के आख़िरी घने, विवादास्पद बागीचे में नहीं जाना।' रतन को यह रोक बचपन की याद दिला गयी। जानकी कहती–'लगन वाले लड़के को कहीं ज़्यादा बाहर नहीं जाना चाहिए। घर

बैठ, हल्दी लगवा और मेहमानों को समय दे।'

लेकिन रतन शाम से ग़ायब है। आँगन में ढोलक बज रही है, झूमर गाये जा रहे हैं।

रतन घर से दूर बचपन के साथी चवन्नी के साथ घने जंगल के पास भटक रहा था। जंगल में कुछ हिस्सा उसके बाग़ का है, जिसमें सिर्फ़ आम के पेड़ हैं। रतन मुग्ध भाव से जंगल को बाहर से घूरे जा रहा था। उसका गाँव इतना रमणीक हो सकता है, सोचा न था। जंगली बग़ीचे में घुसने से पहले बाहर ताड़ के लम्बे–लम्बे पेड़ थे, मानो वे जंगल के प्रहरी की तरह खड़े हों।

'ये बाबा ने फालतू में ही काँटे के तार लगवा रखे हैं। कितना सुन्दर है बग़ीचा। ताड़ के लम्बे–लम्बे पेड़, खजूर की क़तारें! मगर बाबा ने इतने ऊँचे तार लगा दिये हैं।' रतन चवन्नी से बोला!

चवन्नी सबके लिए चवन्नी ही था, उम्र बढ़ गयी थी मगर क़द नहीं बढ़ पाया था!

'रतन भाई, उस बाग़ में शाम को जाना मना है!' चवन्नी ने मना किया!

'क्यों भाई, ऐसा क्या है, चलो जंगल लाइव करते हैं अन्दर, तुम अपने मोबाइल का टॉर्च जला देना। चल ना, मज़ा आयेगा, नया एडवेंचर। मैं लाइव बोलूँगा कि ये देखिए, हमारे गाँव का घना जंगल...जहाँ शाम होने पर जाना मना है...'

'भाई, वापस चलते हैं, झुमकी भाभी का फ़ोन आ रहा है, हल्दी का विधि होना है, चलो वापस...रिस्क मत लो..!' चवन्नी उसे रोक रहा था!

'तुम मुझे जाने क्यों नहीं देना चाहते हो?' वह खिसिया उठा!

'रतन भाई, देखो हम तुम्हें नहीं जाने देंगे! चाहे तुम कुछ भी कर लो!, चवन्नी अड़ गया। तब तक रतन फेसबुक पर लाइव हो चुका था।

चवन्नी उसे खींचता रहा, रतन ज़िद पर अड़ा रहा! अन्त में हार कर चवन्नी बोल पड़ा–

'मत जा, अन्दर प्यासी आत्माओं का वास है।'

रतन हँसने लगा।

'अब तक जो अन्दर गया, उसका काण्ड हो गया भाई, कोई जाता ही नहीं...उस गाछी पर सबने अपना क़ब्ज़ा त्याग दिया है...मरने कौन जाये, ननकू गया था अन्दर, लौटा ही नहीं। आज तक उसका पता नहीं, कोई खोजने जाने को तैयार नहीं...वापस चल भाई...'

चवन्नी की कौन सुनता है। रतन ने एक हाथ से चवन्नी की कलाई दबा रखी थी और दूसरे में मोबाइल था। लाइव चल रहा था–

'मित्रो, ये देखिए, हमारे गाँव का जंगल, कितना घना, कितना सुन्दर, मैं आपको लिए चलता हूँ वहाँ तक जहाँ प्यासी आत्माएँ बसती हैं, इनके अनुसार। हाँ चवन्नी जी.., मोबाइल कैमरा चवन्नी की तरफ़ घुमा दिया।

चवन्नी ने मुँह फेर लिया।

'वाह, भूत! ये भूत शहर में क्यों नहीं आते? ये भूत गाँव में ही क्यों बसते हैं! अरे दोस्तो, तुम लोग आगे की सोचो! बहुत हो चुकी यह भूत–प्रेत की कहानियाँ! इन्हें लगता है कि अब भी होते हैं भूत–प्रेत, क्या कहते हैं–प्यासी आत्माएँ...शहरों से ज़्यादा प्यासी आत्माएँ कहाँ होंगी...तो आज कराते हैं आपकी मुलाक़ात...'

रतन के ठहाके गूँजे। अन्दर सिग्नल वीक होने लगा था। घने बग़ीचे में अँधेरा बाहर से ज़्यादा था। मई के महीने में जंगल के भीतर कितना ठण्डा लग रहा था। लाइव ब्रेक हो रहा था। चवन्नी के भाग जाने का ख़तरा भी मँडरा रहा था। काँपते हाथों से चवन्नी ने अपने नोकिया मोबाईल की टॉर्च जलाई। लेकिन वह पर्याप्त नहीं थी। सात बजे तक बाहर अँधेरा नहीं था, लेकिन घने जंगल में तो अँधेरा हो ही जाता है। लाइव प्रसारण के लिए रोशनी कम पड़ने लगी थी।

लाइव में रतन के कई दोस्त जुड़ गये थे। दनादन लाइक और सवाल आने लगे। वाह, वाह के उकसाने वाले मैसेज ख़ूब आने लगे। रहस्य रोमांच में लोगों की दिलचस्पी ख़ूब होती है। रतन इस बात को समझ रहा था। वह मज़े ले रहा था। ठान लिया था कि वहाँ तक जाकर ही रहेगा, जहाँ जाने की मनाही है, जहाँ कोई जाता ही नहीं और उस जगह को बदनाम कर रखा है। गाँववालों की ग़लतफ़हमी दूर कर देगा हमेशा के लिए। सारे अनपढ़ और अन्धविश्वासी लोग हैं, कम्प्यूटर युग में भला कोई ऐसा सोचता है। ग्राफिक्स के ज़रिये वह चाहे जितने भूत–प्रेत गढ़ ले। किस सदी में जी रहे हैं ये लोग। इन्हें मुक्त करना ज़रूरी है। अकेले उस पर कोई विश्वास नहीं करता, चवन्नी के साथ होने से सब भरोसा कर लेंगे। इसीलिए उसे जकड़ रखा था कि कहीं भाग न ले। अन्दर रास्ता सँकरा था। झाड़ियाँ बेतरतीब फैली हुई थीं और आम की डालियाँ लम्बी और रास्ते पर झुकी हुई थीं। रतन मोबाइल समेत लड़खड़ा कर गिर पड़ा। चवन्नी पकड़ से छूट गया और रतन को छोड़ कर उल्टे पाँव भाग

चला। नेट का कनेक्शन ख़त्म था। धूल झाड़ते हुए रतन उठा और सोचा कि वापस लौट चले। बिना लाइव के मज़ा कहाँ। चवन्नी भी साथ छोड़ कर भाग गया था। घर पहुँच कर सबसे पहले उसकी धुलाई करेगा। वह वापस मुड़ कर जाना ही चाह रहा था कि ठिठक गया। वह चारों तरफ़ से घिर गया था। वह भाग न सका। क़दम जड़ हो गये और वह गूँगा हो गया। चीख़ भी न निकली। गाछी के बीचोबीच एकदम अलग ही माहौल, इत्र और फूलों की खुशबू से महकता हुआ। पूरे साज–शृंगार के साथ कोई स्त्री नाच रही है लेकिन उसके पैर उलटे हैं! कोई पेड़ पर उलटी लटकी है, उसके बाल हवा में झूम रहे हैं! कोई भयावह तरीक़े से अट्टहास करती गीत गा रही है! किसी के शरीर पर एक भी वस्त्र नहीं और वह मुग्धा अपने ही शरीर को निहारती नृत्यरत है! किसी रनिवास–सा माहौल था, अन्तर यही था कि ये सामान्य स्त्रियाँ नहीं थीं। इनके पैर उलटे थे, दाँत बाहर निकले हुए थे और मुँह से ख़ून टपक रहा था! रतन कुछ पलों तक हतप्रभ खड़ा रहा फिर आसपास बिखरी झाड़ियाँ हटा कर पीछे भागने को मुड़ा। चुड़ैलों के रसरंग में भंग पड़ा, अचानक उनके चेहरे बदलने लगे, आँखों से चिनगारियाँ फूटने लगीं और विकराल हँसी हँसती वे सभी रतन की ओर बढ़ने लगीं! जाने कहाँ से रतन में ताक़त आयी, वह सरपट भागा, जिधर से आया था। उसके बाद उसे कुछ याद नहीं।

इधर चवन्नी ने घर के बाहर चिल्ला–चिल्ला कर पूरे गाँव को इकट्ठा कर लिया था। रग्घू अपना माथा पीट रहा था, लाठी–भाला लेकर सारे पट्टीदार जंगल की तरफ़ भागे। बड़े–बड़े टॉर्च जलाये जुलूस दौड़ा जा रहा था। जैसे ही भीड़ जंगल के बाहर पहुँची, अन्दर से लहराता हुआ रतन बाहर आकर गिर पड़ा। घर में आते ही आँगन में रतन की बेहोश देह को खटिया पर पटक दिया गया। जानकी छाती पीट–पीट कर रोने लगी। बड़के चाचाजी तुरत ओझा बुलाने गये। किसी ने कहा–'गाँव के वैद्य जी को बुलाओ,' किसी ने कहा–'डॉक्टर के पास लेकर चलते हैं।' मगर सबको रोककर चाचाजी ओझा को बुलाने चले गये। ओझा झोला समेत हाज़िर। तब तक चवन्नी ने मुँह पर पानी के छींटे मार कर रतन को होश में लाने की कोशिश की।

रतन बड़बड़ा रहा था।

'प्लीज़, बस एक बार मुझे माफ़ कर दो। गलती हो गयी। प्लीज़। अब नहीं।'

ओझा ने झाड़–फूँक शुरू की। सारे रिश्तेदार दम साधे देख रहे थे।

ओझा ने अर्द्धमूर्छित रतन से सवाल दागने शुरू किये।

'कौन है तू। कहाँ से आयी है? क्यों आयी है?'

ओझा ने रतन की आँखों में जैसे ही लाल मिर्ची का पाउडर डाला, वैसे ही पूरे घर की बिजली की लड़ियाँ अपने आप जलनी बन्द होने लगीं! उनमें से अजीब आवाज़ें आने लगीं, जैसे सब कुछ नृत्य कर रहा हो!

'बोल, बोलती क्यों नहीं! क्यों सता रही है इस बच्चे को। क्या चाहती है। छोड़ दे इसे।'

रतन के मुँह से गुर्राती हुई आवाज़ निकली। कई आवाज़ें जैसे आवाज़ों का कोरस! जैसे न जाने कितनी औरतें एक साथ बोल रही हों!

'हम एक नहीं, कई हैं। हम सब सहेलियाँ झूला झूलती रहती हैं, इस मूर्ख लड़के ने वहाँ पैर रखने की जुर्रत कैसे की, नहीं बचेगा, मरेगा...हमारी जगह है, वहाँ कोई नहीं आ सकता...'

ओझा बोला–'नादान बालक है। नहीं देखा होगा। गलती हो गयी। माफ़ कर दे।'

'नहीं, कभी नहीं! कभी नहीं। हम इसे लेकर जायेंगी। हमारे साथ उसी जंगल में रहेगा। हम सब मिल कर रहेंगे।' रतन के भीतर की आवाज़ें अट्टहास करने लगीं। पूरा घर डर गया। आँगन में बैठी औरतें रोने लगीं, रग्घू भी रोने लगा। बच्चे माँओं की गोद में दुबक गये। ओझा झाड़–फूँक में लगा रहा।

रतन की आँखें रक्ताभ थीं, फिर से रतन के अन्दर से आवाज़ आयीं –वह उठ कर बैठ गया था। झूम–झूम कर ओझा से लड़ाई होने लगी। ओझा मन्त्र पढ़ता। काली राई फेंकता मुट्ठी में भर कर। फिर गंगाजल। यह चलता रहा, फिर बगल में आग जलाई। रतन वैसे ही हिलता रहा। आँखें लाल। मानो ख़ून उतर आया हो। ओझा ने क्रोधित होकर रतन के कान में बरगद की कोंपल घुसेड़ दी। रतना दर्द से बिलबिलाया। पूरा बदन ऐंठने लगा। भीतर से कराहें निकलने लगीं।

ओझा बोला–'कल इस बच्चे की शादी है, क्यों इसका जीवन बर्बाद कर रही है ? क्या मिल जायेगा, इसे अपने साथ ले जाकर? छोड़ इसे। अपने वन में झूम। माफ़ी माँगता हूँ। इसकी ग़लती पर...'

देर रात तक ये तमाशा चलता रहा। अँधेरा गहराता गया। न ओझा हार माने न आत्माएँ। ओझा ने अन्तिम धमकी दी–

'छोड़ दे नहीं तो जहाँ तुम लोग रहती हो, वो जगह बाँध दूँगा। गाछी कटवा दूँगा। फिर देखता हूँ। कहाँ रास रचाओगी।'

ओझा की यह धमकी असर कर गयी।

आख़िर रतन का शरीर धीरे–धीरे शिथिल पड़ा। वह नीचे लुढ़क गया। सब शान्त। ओझा आँखें बन्द किये मन्त्र बड़बड़ाता रहा।

अगले दिन पूरे गाँव में बात फैल गयी थी कि रतन की देह पर चुड़ैलें आयी थीं। घरवाले कोशिश कर रहे थे कि किसी तरह ये बात लड़कीवालों तक न पहुँचे। बात बिगड़ सकती थी। रघु काका और जानकी काकी सबसे हाथ जोड़ कर बात ख़त्म करने का निहोरा कर रहे थे। रतन को मुक्के मार–मार कर बोलीं–'बचपन की आदत नहीं गयी तेरी, जहाँ मना होगा, वहीं जायेगा। देखा न, कितना बड़ा संकट खड़ा हो गया। जाने क्या होगा। हे कुलदेवी...रक्षा करो। मेरी एक ही सन्तान है...' बोलते–बोलते देवता घर के बाहर खड़ी होकर रोने लगती।

रतन भी सामान्य नहीं हो पाया था। शाम की बारात थी। मोबाइल वहीं जंगल में छूट गया था। किसी से सम्पर्क नहीं कर सकता था। बेंगलुरु से उसी दिन सुबह पहुँचे दोस्त अभिरंजन ने अपना दूसरा मोबाइल उसे पकड़ा दिया। बारात जाने की तैयारियाँ शुरू हो गयी थीं। रतन तैयार होने से पहले एयरटेल को फ़ोन करके सिम ब्लॉक करवाना चाहता था। उसके पहले अपने नम्बर पर फ़ोन करना चाहता था। फेसबुक लाइव तो सम्भव नहीं लग रहा था। अभिरंजन के मोबाइल में फेसबुक डाउनलोड करे तो कैसे। उसने सोचा, अभिरंजन का एकाउंट लॉगआउट करके अपना चालू कर ले। उसने फेसबुक ऑन किया। उसे ध्यान आया कि जंगल से लाइव हुआ था तो अभिरंजन भी थोड़ी देर के लिए जुड़ा था। वह वीडियो देखना चाहता था। उस वक़्त का वीडियो वॉल पर सेव होगा। अभिरंजन का प्रोफ़ाइल जैसे ही ऑन किया, सबसे ऊपर कई लोग लाइव चमक रहे थे। रतन काँप गया–

उसका प्रोफ़ाइल लाइव था। काँपती उँगलियों से लाइव पर क्लिक किया....

सफ़ेद रोशनी फैल गयी स्क्रीन पर और ज़ोर से चीख़ती हुई हँसी फूटी...डरावने चेहरे अँधेरे–उजाले में चमक रहे थे...

अनेक चमगादड़ों के पंख फड़फड़ाने की आवाज़ें गूँजीं, भयानक गुर्राहट बाहर निकली, रतन के हाथ से मोबाइल छिटक कर गिरा, साथ ही रतन भी ।

बाहर ढोल वाले आ गये थे और ज़ोर–ज़ोर से बजा कर माहौल बना रहे थे।

दीवारों के आर–पार

गृह–प्रवेश की तैयारियाँ चल रही थीं। हवन के लिए लोग इधर से उधर भाग रहे थे। कैलाश बाबू आज बहुत ख़ुश थे। इलाहाबाद में न जाने कब से ट्रांसफर चाह रहे थे। पूरा कुनबा तो उनका यहीं है, गंगा किनारे और वह दिल्ली में पड़े हुए थे। दिल्ली में बार–बार अपने ट्रांसफर की फ़ाइल आगे बढायें मगर हर बार कुछ–न–कुछ समस्या आ जाये। दिल्ली के कालका मन्दिर से लेकर मथुरा के बाँके बिहारी तक माथा टेक आये थे। न जाने कितनी मन्नतें माँग आये थे मगर बात नहीं बन रही थी। वह इस बिगड़ी बात को बनाने के लिए पागलों की तरह लगे थे। बार–बार उन्हें लगता जैसे कोई ताक़त है जो उन्हें रोक रही है और कोई है जो उन्हें धकेल रही है। पिछली बार इलाहाबाद गये थे तब एक मकान देख आये थे और वहाँ से आने के बाद बस उन्हें यही धुन सवार थी कि कैसे भी करके वहीं चले जायें वापस! इलाहाबाद में सिविल लाइंस में अंग्रेज़ों के समय का बना हुआ बँगला, जहाँ पर एक से बढ़कर एक पेड़ लगे थे। कैलाश बाबू को उनका मकान बुला रहा था। जैसे ही उस मकान में घुसे थे, वैसे ही उसकी ख़ूबसूरती से अभिभूत हो गये थे और अपने शहर में वापस लौटने के लिए बेचैन हो उठे थे। उनकी व्यग्रता बढ़ती जा रही थी। ऐसा लग रहा था जैसे यह बँगला इतने दिनों से बस उन्हीं के इन्तज़ार में खड़ा है और उन्हें बेसब्री से अपनी ओर खींच रहा है।

बँगला तो कैलाश बाबू ने ख़रीद लिया था, मगर उसमें रहने नहीं जा पा रहे थे! अम्मा और बाबा दोनों ही बार–बार उन्हें बुलाते और कैलाश बाबू दिल्ली के विभाग में पड़ी अपनी ट्रांसफर की फ़ाइल को नीचे दबे धूल खाते देखकर अम्मा और बाबा को झूठा दिलासा दे दिया करते।

हर हफ़्ते अम्मा का ख़त उन्हें कचोटता था, अम्मा बहुत बीमार रहा करती थीं और उन्हें लगता कि जाने कब ऊपरवाले का बुलावा आ जाये'

इसलिए आख़िरी दिनों में अपने पूरे परिवार के साथ रहें। बाबा भी यही कहते रहते। इधर कैलाश बाबू फिर से जुट जाते। हर हाल में उन्हें इलाहाबाद जाना था। बार–बार गृह–प्रवेश का मुहूर्त निकलवाते और जब फ़ाइल आगे न खिसकती, तो मन मसोसकर अम्मा से अकेले ही गृह–प्रवेश करने की बात कहते।

इधर अम्मा ने भी अंगद के जैसे पैर जमा लिए थे। जब तक कैलाश लल्ला आयेंगे नहीं, तब तक हम भी ऊपर नहीं जायेंगे। अब अम्मा की ज़िद जीती या ईश्वर मेहरबान हो गया। हुआ यूँ कि कुछ ही महीनों में अचानक फ़ाइल ऊपर खिसकी और कैलाश बाबू का तबादला दिल्ली से इलाहाबाद कर दिया गया।

फ़ाइलों के ढेर में अपने शहर की ख़ुशबू खोजते–खोजते कैलाश बाबू अपने शहर कब पहुँचे, उन्हें पता भी नहीं चला। सारी ज़रूरी औपचारिकताएँ पूरी करने के बाद वह पहुँच गये थे इलाहाबाद। बार–बार उन्हें लगता जैसे संगम तट उन्हें बुला रहा है, इधर आने के लिए उकसा रहा है।

बँगला ख़रीदने के पूरे दो साल के बाद आज कैलाश बाबू गृह–प्रवेश के लिए बँगले में हैं। झकाझक सफ़ेद कुरते में वह फिर से उसी तरह तन के बैठे हैं, जैसे अपने ब्याह के लिए गये थे। अपने नये घर में पहला क़दम रखना कोई छोटी बात तो थी नहीं। कैलाश बाबू उत्साहित थे और इस उत्साह में उन्होंने मोतीचूर के ख़ूब लड्डू खाये।

उस रात कोई नहीं सोया, तड़के तीन बजे पूरा परिवार सोने चला! कैलाश बाबू ने मीना देवी की आँखों में झाँका, आज न जाने कितने सालों के बाद इतनी निश्चिन्तता से झाँक पाये होंगे।

'चलो हटो, अब न तो जे बखत है जे सब करन को और न तुम्हें अपनी उमर की कोई परवाह है?' मीना देवी ने प्यार भरी झिड़की लगायी!

मगर इस प्यार में इतने समय तक अलग रहने के दर्द से उबरने की भी बात थी। मीना देवी को लगा कि वह कैलाश बाबू की बाँहों में खो जाये और वह खो भी जाती मगर तभी लगा जैसे किसी ने ज़ोर से पर्दा हिलाया हो।

'सुनो, कोई है क्या वहाँ पर?' मीना देवी ने पर्दे की तरफ़ इशारा किया।

कैलाश बाबू आज मूड में थे, उन्होंने पर्दे की तरफ़ देखा भी नहीं और मीना देवी को बाँहों में लेकर बोले, 'चलो छोड़ो, जाने दो! अब तुम मेरी बाँहों में न आने के लिए इस तरह के बहाने बना रही हो। तुम और

हम ही सबको उनके कमरे में छोड़कर आये हैं, इस समय कौन है? इस समय तो चाँद भी मौन है और तारे गुम, चलो न मीनू कुछ बीते हुए कल की बात करें!'

कैलाश बाबू के मनुहार में मीना देवी पिघल रही थीं, अभी बात आगे बढ़ती कि पर्दे की सरसराहट बिस्तर पर पहुँची और मीना देवी को लगा जैसे कोई बिस्तर से उठकर तेज़ी से भागा। मीना देवी सिहर उठीं! हल्की–सी चीख़ सुनायी दी। वह किसी मर्द की आवाज़ थी। फिर कुछ और चीख़ें। सब मिली–जुली चीख़ें थीं जिन्होंने मीना देवी की नसों को झनझना दिया। हैरानी की बात थी कि यह आवाज़ें सिर्फ़ मीना देवी को ही सुनायी दे रही थीं, कैलाश बाबू को नहीं।

'कौन है? कौन है?' वह चीख़ी। अभी कैलाश बाबू पूरी तरह से मदहोश भी नहीं हो पाये थे कि उन्हें मीना देवी की चीख़ ने चौंका दिया। एक झटके में सारा रोमांस नष्ट हो गया।

उन्हें मीना देवी पर बहुत गुस्सा आया। मगर वह इस एकान्त के मौक़े को हाथ से जाने नहीं देना चाह रहे थे। न जाने कितने दिनों के बाद तो आ पायी थी मीना देवी उनके हाथ में, नहीं तो वह दिल्ली और मीना देवी इधर, अम्मा के पास, गाँव में। मीना देवी की चीख़ अनसुनी करते हुए उन्होंने मीना देवी को दबोचना चाहा। वह उन्हें अपनी बाँहों के घेरे में पूरी तरह ले पाते कि उसके पहले मीना देवी को लगा जैसे किसी ने गिलास उठा कर उनकी तरफ़ फेंका हो, मीना देवी ने कैलाश बाबू को एक तरफ़ धकेल दिया और ख़ुद नीचे हो गयीं। झनझनाता हुआ एक गिलास उनके ऊपर से गुज़रता हुआ टन्न की आवाज़ से फ़र्श पर गिर गया। चारों तरफ़ पानी बिखर गया था! देर तक ख़ाली गिलास गोल–गोल घूमता रहा। उसकी झनझनाहट मीना देवी और कैलाश बाबू की हड्डियों तक को भेद रही थी।

कुछ क्षणों तक वे दोनों नाचते हुए गिलास को अवाक् खड़े देखते रहे। कैलाश बाबू का रोमांस पूरी तरह छूमन्तर हो गया था, जैसे ही उन्हें होश आया, वह तुरन्त ही बाहर की तरफ़ भागे। दरवाज़े की कुण्डी खोली और कमरे के बाहर बरामदे में जाकर देखा। उन्हें तेज़ी से भागती हुई कुछ सपाट–सी काली परछाइयाँ दिखायी दीं, उन्होंने उनका पीछा किया, मगर छू नहीं पाये और वह आननफानन में न जाने कहाँ ग़ायब हो गयीं। बरामदे के बाहर खड़े पेड़ तेज़ी से झूमने लगे थे। अचानक ज़ोरों की हवा

चलने लगी थी और बरामदे और कमरे की लाइट जलने–बुझने लगी थी। एक अजीब तीखी–सी गन्ध हवा में घुलती जा रही थी जैसे कहीं कोई मांस का टुकड़ा सड़ गया हो। कैलाश बाबू को याद आया कि बिल्कुल ऐसी ही गन्ध तो दिल्ली में दफ़्तर से लौटते हुए रास्ते में पड़ने वाले पुश्ता बाज़ार से आती थी जहाँ मांस की कई दुकानें थीं।

'ज़रूर ही कोई शरारत कर रहा होगा...'

कैलाश बाबू बड़बड़ाते हुए अपने कमरे में चले गये। कमरे में अन्दर आये तो मीना देवी पोंछा लगा रही थीं। उनके सहमे हुए चेहरे पर चिन्ता की लकीरें साफ़ दिखायी दे रही थीं।

'तुम चिन्ता मत करो, मनीषा का काम होगा, याद है न कैसे हमारी शादी के बाद वह तुम्हें मेरे साथ देख नहीं पाती थी!' कैलाश बाबू ने चादर सही करते हुए अपनी कुँवारी बहन के बारे में अन्देशा ज़ाहिर किया।

'नहीं, यह मनीषा दीदी का काम नहीं हो सकता, कुछ और बात है!' मीना देवी ने बिस्तर पर उनके बगल में बैठते हुए कहा–माथे पर चिन्ता की रेखाएँ और गहरी हो गयी थीं। शुभ माहौल में अमंगल की छाया से वह मन–ही–मन बहुत डर गयी थीं।

'अब यह मत कहना कि भूत है कोई! हा हा!' और यह कहते हुए कैलाश बाबू ने रज़ाई ओढ़ी और जल्द ही खर्राटे भरने लगे। बगल में लेटी हुई मीना देवी को नींद नहीं आयी। पहले भी कई बार मीना देवी को लगा था कि इस बँगले में कुछ तो है, तभी इतने सालों से इसे किसी ने ख़रीदा नहीं! मीना देवी सोचते–सोचते बैठी रहीं और जब तक हल्की–सी झपकी आयी तब तक पूरब से सूरज की लालिमा आने लगी थी। उन्होंने रात की बात का ज़िक्र किसी से करना सही नहीं समझा। छह बजे सुबह से अम्मा की ड्यूटी शुरू हो जाती थी। वह अम्मा का काम करने के लिए उठ गयीं।

घर मेहमानों से भरा हुआ था। काफ़ी काम पड़ा था। गाँव से मदद के लिए एक लड़का बुलाया था जिसे सुबह उठ कर काम बताना पड़ता था, नहीं तो बिना बताये वह कोई काम ही नहीं करता था। उसके पीछे–पीछे अम्मा या मीना देवी लगी रहतीं तो काम निबटते।

सुबह उठते–उठते और तैयार होते मीना देवी को आठ बज गये थे। कमरे से बाहर निकलकर आयीं तो देखा–अम्मा मुँहबाए खड़ी हैं। सेवक सो रहा है, बेसुध लेकिन घर पूरी तरह साफ़–सुथरा, करीने से सजा

हुआ। हर चीज़ अपनी जगह पर सेट हो चुकी थी। जिस काम में पूरा दिन लगता और कई लोग मिल कर करते, वे सारे काम हो चुके थे। अम्मा बार–बार आँखें मल रही थीं। मीना देवी को कुछ समझ में नहीं आया तो वह सबके लिए चाय बनाने चली गयीं। रसोई भी साफ़–सुथरी, कोई कूड़ा कहीं नहीं, रात को जो चाय के दाग लगे थे सब साफ़ थे। मीना देवी जल्दी–जल्दी चाय बनाकर अपने कमरे में भागीं। कैलाश बाबू को चाय देते हुए एक ही साँस में सारी बातें बता दीं। कैलाश बाबू मुस्करा दिये–

'तुम बहुत चिन्ता करती हो, ऐसा कुछ नहीं है, कोई भी हो सकता है, मनीषा, पूजा और अपना कुन्नन भी!'

'कुन्नन इतनी सफ़ाई नहीं करेगा,' मीना देवी ने बात काटी 'और मनीषा और पूजा दोनों सो रही हैं।'

'फिर भी, अब चिन्ता छोड़ो और रात को होने वाली दावत की तैयारी करो!'

मीना देवी लग गयीं काम में, पूरे मोहल्ले को न्योता दे आये हैं, अब सारा काम तो निबटाना ही होगा। हलवाई आने लगे थे और सब्ज़ी–भाजी काटने लगे थे। मीना देवी को ऐसा लगा जैसे कुछ ज़्यादा लोग हैं। उन्होंने गिने, कुल आठ आदमी की बात हुई थी और दिख रहे थे, बारह–तेरह! मीना देवी ने ग़ौर से देखा, सब लोग काम में मग्न थे। एक पतली–सी औरत सब्ज़ियों को धो रही थी, भावशून्य चेहरा, आँखें पथराई हुई जैसे किसी अदृश्य रिमोट से संचालित हों! उसके पास तीन–चार मर्द थे जो रसोई में हलवाई के साथ–साथ हाथ बँटा रहे थे लेकिन उनके चेहरे जैसे एकदम पत्थर। आँखें स्थिर थीं, पुतलियों में कोई कम्पन नहीं। निगाहें कहीं और हाथ कहीं, न किसी को देख रहे थे, न सुन रहे थे....बस मशीनी अन्दाज़ में काम किये जा रहे थे!

वह चौंकीं। कौन हैं ये लोग! अजीब–से क्यों दिख रहे हैं। मीना देवी ने इशारे से हेड हलवाई रामदीन को अपने पास बुलाया। विचित्र दिखने वाले सहायकों की तरफ़ इशारा करके उनके बारे में पूछा। रामदीन हैरान। उसके कुल सहायक आठ थे। मीना देवी जिस ओर इशारा कर रही थीं, उधर तो कोई था ही नहीं! हलवाई ने अपने लोग उनके सामने लाकर खड़े कर दिये, केवल आठ ही तो लोग थे, फिर वे बाक़ी लोग कौन थे? मीना देवी ख़ौफ़ से भर गयीं। हलवाई को क्यों नहीं दिखे? अभी–अभी तो यहाँ काम कर रहे थे। कहाँ गये ? कई सवाल उठ रहे थे मन में।

कौन देता जवाब! रात से ही विचित्र घटनाओं का सामना कर रही थीं। अब वह किसी अनहोनी की आशंका से पूरी तरह घिर गयी थीं। पूरे दिन सतर्क होकर बँगले में घूमती रहीं। एक–एक के चेहरे को ग़ौर से देखतीं। सबको अजीब लगता। मीना देवी ऐसे क्यों घूर रही हैं, किसी को समझ में नहीं आ रहा था, अटपटा ज़रूर लग रहा था।

रात होते–होते न केवल पूरे मोहल्ले से बल्कि उनके परिवार और पुराने मोहल्ले से भी लोग दावत खाने आ गये थे। पनीर की सब्ज़ी, रायता, पूरी, छोले और मिक्स सब्ज़ियों तथा मिठाई को परोसने के लिए हलवाई ने दस लोग और लगाये थे। बाहर लगी मेज़ और कुर्सियों पर एक पाँत बैठती और दूसरी उठती। मीना देवी औरतों के बीच आँगन में बैठी थीं। अचानक वही लोग फिर टहलते हुए दिखे, जो सुबह गिनती में नहीं दिखे थे और अचानक ग़ायब हो गये थे। अब वे फिर बिजली की गति से भाग–भाग कर खाना परस रहे थे। भयभीत मीना देवी कैलाश बाबू से बात करना चाहती थीं पर उन्हें मौक़ा नहीं मिल रहा था। देर रात तक भोज चलता रहा। वे पाँचों चेहरे भीड़ में कुछ–कुछ करते दिखायी पड़ जाते थे। मीना देवी असहज हो उठी थीं। सारे मेहमानों के जाने के बाद कुन्नन ने जब हलवाई का हिसाब करने के लिए कैलाश और मीना देवी को बुलाया तो मीना देवी ने उन पाँच लोगों की बात फिर से उठायी।

'अरे, बहूरानी! तुम्हें कच्छु गलतफहमी भई है, हमाए आठ लोग तो हथे खाना पकान वाले और दस लोग खाना परोसन वाले, अब बे पाँच आदमी कौन हमें नहीं पता, हमें तो तुम जे इत्ते ही लोगन के पैसा दयो!'

'अरे नहीं, मैंने अपनी आँखों से देखा है!' मीना देवी ने प्रतिवाद किया!

'न बहूरानी, अब देखो, रात के दोय बज गये हैं, हिसाब करो तो हम जायें!'

उन लोगों को पैसे देकर मीना देवी अपने कमरे की तरफ़ चल पड़ीं। आख़िर वे पाँच लोग कौन थे? अगर हलवाई के साथ नहीं तो कौन थे? मीना देवी के मन में उथल–पुथल मची हुई थी। उनके दिमाग़ में कल रात से लेकर आज तक की सारी बातें रील की तरह घूम रही थीं। वह आगे बढ़ती जातीं और उनके दिमाग़ में बहुत–कुछ चलता जाता। सीढ़ियों से चढ़कर दायें हाथ की तरफ़ उनका कमरा था, जो उन्होंने अपने लिए ख़ास तौर पर बनवाया था। वह कमरे की तरफ़ बढ़ ही रही थीं कि मनीषा के चीख़ने की आवाज़ उनके कानों में पड़ी! नीचे बैठक

के बगल वाला कमरा जो नीचे के कमरों में सबसे बड़ा था, मनीषा ने अपने हिस्से में ले लिया था। मगर वह चीख़ी क्यों, मीना देवी भाग कर उस कमरे में पहुँचीं! दरवाज़ा अन्दर से बन्द था। मीना देवी, कैलाश बाबू, पूजा, कुन्नन सब कमरे के बाहर आ गये थे। अन्दर से मनीषा के चीख़ने की आवाज़ें आ रही थीं।

'मनीषा, मनीषा, दरवाज़ा खोलो! आख़िर क्या हुआ है तुम्हें?' सब लोग बाहर से खटखटा रहे थे, मगर मनीषा बस चीख़ती ही जा रही थी।

'दरवाज़ा तोड़ा जाये क्या?' कुन्नन ने कैलाश से पूछा!

'हाँ, तोड़ो, तोड़ो!' कैलाश बाबू ने झट से इजाज़त दी।

वे लोग दरवाज़ा तोड़ने ही जा रहे थे कि बदहवास–सी मनीषा ने दरवाज़ा खोल दिया। उसका पूरा शरीर पसीने से तर–बतर था, चेहरे पर हवाइयाँ थीं और कपड़े अस्त–व्यस्त!

'क्या हुआ है मनीषा तुम्हें?' कैलाश बाबू ने बड़ी बहन को गले लगाते हुए पूछा।

मनीषा के मुँह से कोई आवाज़ नहीं निकली। बस गों–गों... करके खिड़की की तरफ़ इशारा करती रही।

'कौन है खिड़की पर!' कैलाश बाबू ने पूछा, मगर मनीषा के मुँह से कोई बोल नहीं निकला! अचानक खिड़की पर टिकी उसकी आँखें भय से चौड़ी हो गयीं, चेहरा एकदम सफ़ेद हो गया और वह भरभराकर नीचे ढह गयी। तभी अचानक पूजा भी ज़ोरों से चीख़ पड़ी। अब सबकी नज़र कमरे के अन्दर गयी और जो दिखा तो सब भौचक! पंखे पर ऊपर मनीषा के अलमारी के सभी कपड़े लटके हुए थे और चुन्नी का फन्दा–सा बना हुआ था। ड्रेसिंग टेबल का आईना पूरी तरह से टूटा हुआ था और कमरे का बाक़ी सामान भी अस्त–व्यस्त था। दीवारों पर कुछ लाल रंग के निशान थे, जैसे ख़ून के क़तरे और वहीं सड़े हुए मांस की बदबू पूरे कमरे में फैली थी, जैसी पिछली रात को महसूस हुई थी। कुछ भी सही–सलामत नहीं था, मच्छरदानी ग़ायब, गद्दा एक ओर फेंका हुआ और रज़ाई अलमारी के ऊपर एकदम कोने में जहाँ पहुँचने में कैलाश बाबू को भी पसीना आ जाये! खिड़की पर लगा पर्दा बहुत तेज़ी से हिल रहा था जैसे किसी ने उसे ख़ूब ज़ोर से झिंझोड़ दिया हो। खिड़की से सटे नारियल के पेड़ भयावह तरीक़े से झूम रहे थे और ऐसा लग रहा था कि कोई उन्हें खिड़की की तरफ़ ही खींच रहा हो।

'ये सब कैसे हुआ? किसने किया!' कैलाश बाबू ने कमरे की हालत देखकर पूछा।

मगर जवाब कौन देता, जवाब देने वाली मनीषा तो बेहोश थी। उसे पानी के छींटे डाल कर होश में लाया गया।

होश में आने पर भी मनीषा की बड़ी–बड़ी आँखें फटी–फटी सी थीं। उसे समझ नहीं आ रहा था कि वह कहाँ से क्या बात शुरू करे! उसने क्या देखा, उसके साथ क्या हुआ? उसने खिड़की की तरफ़ हाथ उठाया, इशारा किया और फिर सदमे में! तब तक कुन्नन डॉक्टर को लेकर आ गया था।

'किसी बात ने इन्हें सदमा पहुँचाया है, सुबह तक इन्हें सोने दें',डॉक्टर ने सलाह दी। मनीषा को अम्मा के कमरे में सुलाकर सब अपने–अपने कमरे में चले गये।

पूजा ने मीना देवी के पास आकर पूछा–'माँ, क्या आज तुम मेरे साथ नहीं सो सकतीं? प्लीज़!' मीना देवी ने उसके सिर पर हाथ फेरा, 'इतनी बड़ी हो गयी हो और माँ के बिना नींद नहीं आती!'

'नहीं माँ, मगर बुआ के कमरे की खिड़की के बाहर कोई था?' पूजा ने बताया।

'कोई था मतलब?' मीना देवी चौंकीं। पाँचों चेहरे वह भूली नहीं थीं।

'हाँ!'

'कौन था?'

'यह नहीं पता, मगर कोई था, नहीं, नहीं... थे! बहुत सारे लोग थे, बुआ ने बताया कि उनकी नींद एक तेज़ चीख़ से खुली और सामने खिड़की पर उन्हें एक औरत खड़ी नज़र आयी। उसके बाल खुले थे और वह बुआ को घूर रही थी, फिर उसके आसपास चार लोग और आकर खड़े हो गये, अजीब से चेहरे वाले और पत्थर–सी भावशून्य आँखें! माँ, बहुत डर लग रहा है!'

मीना देवी को लगा जैसे वाक़ई उनका भय सच साबित हो रहा है।

वह चुपचाप पूजा के कमरे में चली गयीं। उस रात के बाद तो उस बँगले में यह बातें आम हो गयी थीं। रात को रसोई से खटपट की आवाज़ें आतीं, फ्रिज अपने आप बन्द होता, कभी–कभी पर्दे अपने आप उठते। किसी की पदचाप सुनायी देती। अजीबोग़रीब अप्रत्याशित घटनाएँ घटने लगीं। रात में कोई आता और मच्छरदानी उठाकर चला जाता।

मच्छरदानी फिर गिराई जाती और फिर कोई उठाकर चला जाता। रात में कोई रज़ाई खींच देता, फिर ओढ़ने पर दुबारा फिर खींच देता। अग. रबत्ती की राख साफ़–सुथरे फ़र्श पर बिखरी मिलती। यह सब रात में तो होता था, फिर दिन में भी होना शुरू हो गया। अँधेरा होते ही बत्तियाँ जलनी–बुझनी शुरू हो जातीं। कभी अचानक तेज़ हवा चलने लगती और बँगले के आसपास खड़े पेड़ डरावनी–सी आवाज़ निकालते झूमने लगते। कभी अचानक अगरबत्ती और धूप की ख़ुशबू आधी रात को फैल जाती, कभी लगता कि कहीं किसी ने मांस के टुकड़े रख दिये हों। रसोई में अचानक सब कुछ साफ़ और व्यवस्थित हो जाता और किसी दिन हर तरफ़ चीज़ें बिखर जातीं। कई बार घर के सदस्यों ने एक औरत और कुछ आदमियों को यहाँ–वहाँ चलते देखा जो आवाज़ देते ही एकदम से गुम हो जाते।

ऐसी घटनाएँ अजीब लगतीं मगर किसी तरह का कोई नुक़सान नहीं होता था।

कैलाश बाबू को समझ नहीं आ रहा था कि क्या किया जाये? मीना देवी को लगता था कि कुछ तो उपाय कराया जाये। उन्हें रात में अपने पास कोई महसूस होता, बल्ब जलाते ही ग़ायब!

हर समय घर में किसी और के होने का अन्देशा होता रहता। धीरे–धीरे घर के लोग इन घटनाओं के अभ्यस्त हो गये थे। बस मनीषा सहज नहीं हो पा रही थी और न ही कुन्नन! कुन्नन तो एक बार ओझा को बुलाने भी जा रहा था, वह तो कैलाश बाबू ने रोक दिया। एक रात उसे सिर पर गठरी रखे एक आदमी दिखायी दिया। उसने आवाज़ लगायी, 'कौन है?' कोई जवाब नहीं मिला। बार–बार पूछने पर भी जब वह नहीं बोला तब कुन्नन उसके पीछे दौड़ा, मगर वह आदमी भागने लगा। वह भागता रहा और कुन्नन उसके पीछे दौड़ता रहा।

कैलाश बाबू और उनका पूरा कुनबा अब इन सबका आदी हो गया था, मगर फिर भी कैलाश बाबू को चैन नहीं पड़ता। उन्हें बार–बार लगता कि आख़िर ये पाँच लोग कौन हैं? कौन हैं, जो यहाँ पर भटक रहे हैं। कभी वह सोचते कि उन्हें इलाहाबाद किसने बुलाया, कहीं यही पाँच लोग तो नहीं हैं, जिन्होंने वह फ़ाइल आगे बढ़वायी! वह हँस पड़ते। मगर एक रात उन्हें बहुत बेचैनी–सी होने लगी। उस रात भी मीना देवी पूजा के साथ सोयी थीं। कैलाश बाबू पूरी रात सोचते रहे। फिर अचानक से उनकी बेचैनी बढ़ने लगी, इतनी बढ़ी कि उन्हें इस बात का एहसास ही नहीं हुआ

कि वह सो रहे हैं या जग रहे हैं। शायद वह सो ही रहे थे और कोई सपना भी देख रहे थे। सपने में उन्हें जगह जानी–पहचानी लगी। अरे, ये तो इसी बँगले की दीवारें हैं! यह बँगला बन रहा है, और जो बनवा रहा है, वह सामने बैठकर सिगरेट का धुआँ उड़ा रहा है।

'जल्दी–जल्दी हाथ चलाओ, देखते नहीं हो, जल्दी ये बँगला ख़त्म हो तो हम लोग दूसरा काम देखें!' वह गुर्रा रहा था।

सामने पाँच मज़दूर बैठे हैं और ये लोग एकदम वैसे ही हैं, जैसे मीना देवी बताती हैं। फटी धोती, फटी गंजी, और बिवाई वाली एड़ी! सस्ती चप्पलें! ये लोग ईंटें ऊपर ले जाने का काम करते थे। उनमें एक दुबली–पतली मरियल–सी औरत भी थी जिसका चेहरा सूखा हुआ था।

'लज्जन बाबू, ज़रा दो घड़ी सुस्ता लें, फिर जायेंगे!'

लज्जन को हँसी आ गयी,' तो तुम बीड़ी सुलगाओगे! सुलगाओ, ख़ूब पियो, मगर ध्यान रखना कि जल्दी आ जाना!'

चार लोग बैठकर बीड़ी सुलगा रहे हैं। वह औरत जो उनके परिवार की है, डिब्बे से रोटी निकालकर खा रही है। कैलाश बाबू सपने में भी रोमांचित हो रहे हैं, वह न जाने कितने साल पीछे पहुँच गये हैं। तो यही पाँच लोग हैं, आख़िर उनके साथ क्या हुआ होगा? कैलाश बाबू दम साधकर आगे सपने में पहुँच रहे थे। अचानक कैलाश बाबू ने देखा कि वे पाँचों मज़दूर जिस नयी बनी हुई दीवार के सहारे बैठे थे, वह दीवार अचानक से गिर गयी। कैलाश बाबू ने उन्हें बचाना चाहा, मगर पाँचों उसके नीचे दबकर मर गये। वह चीख़ मारकर उठे! पसीने–पसीने हो रहा था उनका शरीर! कैसा था यह सपना? चीख़ की आवाज़ सुनते ही मीना देवी दौड़ी–दौड़ी आयीं। कैलाश बाबू नीचे मनीषा के कमरे में जाने के लिए उतारू हो रहे थे। अब उनकी समझ में सब कुछ आ रहा था। वह भागते हुए, मनीषा के दरवाज़े पर जाकर रुक गये! कैसे जायें वह अन्दर? फिर उन्हें ध्यान आया कि मनीषा तो अम्मा के साथ होगी! वह अन्दर भागे और उन्होंने उस दीवार को देखा! यही तो थी, यहीं तक का तो सफ़र वह अपने सपने में करके आये थे। कैलाश बाबू ने अपना सिर पकड़ लिया। देखा सुबह होने वाली थी।

सुबह मॉर्निंग वाक पर जाते हुए उन्होंने इस घटना की चर्चा अपने बूढ़े पड़ोसी से की जो लम्बे समय से वहाँ रह रहे थे। उन्होंने बताया कि जब यह बँगला बन रहा था तब इसकी एक दीवार गिरी थी और उसके

नीचे पाँच मज़दूर दबकर मरे थे। कैलाश बाबू के सामने रहस्य खुल गया था, तो ये पाँचों वही थे जो उस बँगले में रहते थे लेकिन किसी को नुक़सान नहीं पहुँचाते थे। इस बात की चर्चा मोहल्ले में थी लेकिन किसी ने बँगला ख़रीदते समय कैलाश बाबू से चर्चा नहीं की। लोगों को लगा कि सब कुछ जानते हुए सस्ता बँगला ख़रीद रहे हैं। वैसे भी बँगले में लोगों ने चहल–पहल देखी, कुछ आवाज़ें सुनी थीं। कभी कोई घटना नहीं हुई तो लोग आदी हो चुके थे।

घर आकर उन्होंने मीना देवी से बात की, मीना देवी उठीं और सीधे मनीषा के कमरे में उस दीवार के पास जाकर हाथ जोड़कर खड़ी हो गयीं। वे कुछ बुदबुदा रही थीं...

'हमारे लिए आप देव हैं, हमें जीने दीजिए। इसी घर में रहना है तो हमारे रक्षक बन कर इस घर में रहिए। यहीं विराजिये, पर किसी को परेशान मत कीजिए, हमने आपका क्या बिगाड़ा है। हमें पता चल गया है कि आपके साथ यहाँ क्या हुआ था। हमें इसका बेहद दुःख है। आपसे प्रार्थना है कि आप अपनी दुनिया में मगन रहिये, आप लोग तो वो लोग थे जो दूसरों का घर बसाते हैं, बनाते हैं, उजाड़ते नहीं...हमारा घर बसने दीजिए, बड़ी मुश्किल से बँगले का सपना पूरा हुआ है...यहाँ से हम कहाँ जायेंगे...'

भय से काँपती हुई मीना देवी की आँखें बरस रही थीं। आँसुओं के बीच विश्वास का दीया ज़रूर टिमटिमा रहा था। यक़ीन था कि आत्माएँ उनकी बात का मान रखेंगी! अपनी इन्हीं प्रार्थनाओं के सहारे उन्होंने रात काटी। सुबह पूरा घर सामान्य मिला। रात में कोई आवाज़ नहीं। जैसे सारी बेचैनियों को आराम मिल गया हो।

मीना देवी ने आँखें मूँदीं और कहा–'सच्ची आत्माएँ कभी रुष्ट नहीं होतीं।'

अब उस बँगले में कैलाश बाबू के परिवार के अलावा वे पाँच लोग भी रहते थे। वे किसी को दिखायी या सुनायी नहीं देते थे लेकिन कभी–कभी कोई अकेले कहीं खड़ा होता या उदासी में कहीं बैठा होता तो उसे लगता कि किसी ने उसका कन्धा हौले से छुआ हो और आकर साथ बैठ गया हो। कुछ जोड़ी आँखें बँगले के बाहर खड़े आम के पेड़ से हमेशा उस घर को ताक़ती रहती थीं जैसे घर की रक्षा कर रही हों।

□□